Wolf Eismann

Aller guten Dinge

Roman

Die Deutsche Nationalbibliothek verzeichnet diese Publikation in der Deutschen Nationalbibliografie; detaillierte bibliografische Daten sind im Internet über http://dnb.dnb.de abrufbar.

© 2023 Wolf Eismann

Umschlaggestaltung: Wolf Eismann

Herstellung und Verlag: BoD – Books on Demand, Norderstedt

ISBN: 978-3-7583-0508-5

Personen und Handlungen sind frei erfunden und lediglich inspiriert von tatsächlichen Ereignissen.

1

„Wir haben in unserem Haus überhaupt keinen Platz für zwei Zebras. Und schon gar nicht in Lebensgröße."

Ich drücke das Telefon fester an mein Ohr. Der Mann am anderen Ende spricht sehr leise.

„Ja, das habe ich verstanden." Mittlerweile bin ich leicht genervt. „Die Zebras sind aus Holz. – Skulpturen … – Mit der Kettensäge … – Aber unser Ausstellungsraum wird auch für Veranstaltungen genutzt. Wenn Sie da Ihre Zebras hinstellen, fehlt uns am Abend der Platz für die Zuschauer. Und Zebras zahlen meines Wissens keinen Eintritt. Schon gar nicht, wenn sie aus Holz sind."

Der Mann gibt nicht auf. Er schwärmt von Gänsen und von einer punkigen Ziege.

„Die Ziege hat einen Irokesenschnitt. – Aus einer Schrubberbürste …!" Er juchzt plötzlich hysterisch und seine Fistelstimme überschlägt sich.

Mir reicht's. Ich würge ihn ab und packe das Telefon zurück auf den Schreibtisch.

Einen Augenblick Stille. Durchatmen.

Vor mir sitzt seit zwanzig Minuten Amanda Schiller. Extrem schlank, fast dürr, hochgewachsen, brünette Kurzhaarfrisur. Sie trägt ein elegantes Kostüm in

Resedagrün und wartet geduldig darauf, dass wir unser Gespräch fortsetzen. Als ich entschuldigend mit den Achseln zucke, lächelt sie kurz.

„Wo waren wir stehengeblieben?", frage ich.

„Sie wollten mich durchs Haus führen und mir alles zeigen".

„Ja, richtig."

Wir stehen auf. Mit einer Handbewegung weise ich ihr den Weg durch die Tür meines Büros in die Diele. Wir gehen in Richtung des Saals, in dem unsere Veranstaltungen stattfinden.

„Wir verfügen hier über rund 200 Quadratmeter, und dieser Raum nimmt ungefähr ein Drittel ein."

Ihr Blick streift über die großformatigen Bilder, die an den Wänden hängen: Figuren mit märchenhaften Kopfbedeckungen, die durch eine mystisch anmutende Landschaft streifen. Alles in zarten Pastelltönen.

„Bundschuh", sage ich mit einem Hauch von Stolz in der Stimme.

„Was?" Sie dreht sich zu mir um.

„Oskar Bundschuh. Der Künstler. Die Ausstellung läuft noch drei Wochen."

„Und überall Parkett", stellt Amanda Schiller anerkennend fest, während sie sich gleichzeitig demonstrativ von den Kunstwerken abwendet.

Ich nicke.

Sie möchte wissen, ob ich mich bislang allein um die Organisation des Programms gekümmert habe, und ich erzähle ihr von meiner langjährigen Freundin Hannah, mit der ich gemeinsam das *Kulturwerk* gegründet hatte. Sechs Jahre ist das her.

„Wir haben schon während des Studiums gemeinsam für eine Studentenzeitung gearbeitet, und zuletzt leitete

Hannah in Hamburg eine Werbeagentur, bevor wir dann zusammen hier in die Provinz gezogen sind, um dieses Haus zu eröffnen. War so eine Art Kindheitstraum von uns."

„Aber Sie haben sich getrennt?!"

„Also, Hannah ist eine platonische Freundin", erkläre ich. „Wir waren nie ein Paar. Ich lebe mit einem Mann zusammen."

„Und Sie kommen zurecht?"

Ihre Frage irritiert mich.

„Finanziell, meine ich."

„Oh … – Ja, klar. Haben Sie Zweifel?"

„Nun, in der direkten Nachbarschaft Ihres zugegeben schönen Altbaus habe ich nichts als Kneipen, Supermärkte und Spielotheken entdeckt. Ein seltsames Umfeld für ein Kulturhaus."

„Aber es funktioniert. Und ehrlich gesagt ist mir das so immer noch lieber, als wären um uns herum Theater, Clubs und Kinos."

Ich führe Amanda Schiller durch die übrigen Räume des Hauses, zeige ihr die Künstlergarderobe, den Lagerraum, die Toiletten – und sie möchte schließlich noch mehr über Hannah wissen.

„Meine Freundin ist nach wie vor stille Teilhaberin. Sie hat sich aber aus dem Geschäft zurückgezogen und ist nach New York gegangen. – Der Liebe wegen", füge ich mit einem Augenzwinkern hinzu, was ich im nächsten Augenblick schon bereue. Ein Quäntchen Intimität zu viel.

Wir gehen zurück ins Büro und setzen uns an den kleinen Konferenztisch in der vorderen Ecke des Raumes gegenüber der breiten Fensterfront, die zur Straße führt. Torben schlendert draußen gerade vorbei. Der einzige Künstler meiner Galerie, der nur zwei Straßen weiter wohnt und immer mal unangemeldet bei mir auftaucht. Allerdings selten bei passender Gelegenheit. Als er mich sieht, winkt er mir kurz zu, und ich erwidere den Gruß. Einen Moment befürchte ich, er könnte meinen Wink missverstehen und hereinkommen, doch er geht weiter und verschwindet aus unserem Blickfeld.

Amanda Schiller greift sich eines der Programme, die vor uns auf dem Tisch liegen.

„Eine Übersicht unserer Veranstaltungen", erkläre ich.

Im nächsten Augenblick öffnet sich die Eingangstür. Torben hat es sich offensichtlich anders überlegt und steht erwartungsfroh im Raum. Als sich unsere Blicke treffen, grinst er mich an und kommt zu uns an den Tisch.

„Na? Alles in Ordnung bei euch?", fragt er leutselig und mustert Amanda Schiller. „Ich dachte, ich sage mal kurz *Hallo*."

„Wir sind gerade im Gespräch", erkläre ich und hoffe, er kapiert, dass er stört.

„Vielleicht kann ich helfen?"

„Wobei?" In meiner Stimme schwingt ein provozierender Unterton mit.

„Du interessierst dich für den Spielplan?", fragt er Amanda Schiller, als er entdeckt, dass sie unser Programm in den Händen hält.

Sie blickt ihn wortlos an, und Torben greift sich einen Stuhl, um sich zu uns zu setzen.

„Die Pianistin, die hier letzte Woche gespielt hat, hättest du erleben müssen", beginnt er. „Glamourös …! Amerikanerin, lebt aber in Salzburg. Mozart hat sie gespielt. Und was von Gershwin. In einem kobaltblauen Paillettenkleid."

„Torben …!", ermahne ich ihn.

„Einen Moment", vertröstet er mich. „In der Pause hat sie sich sogar nochmal umgezogen", wendet er sich wieder Amanda Schiller zu. „Was soll ich sagen? Ein Traum in Rot …!"

Ich kapituliere für den Moment, und Torben redet plötzlich von seiner Mutter, die hier im vergangenen Monat an einem Sonntagnachmittag eine Veranstaltung besucht hatte: Ein glatzköpfiger Mann hat am Klavier alte Ufa-Schlager zum Besten gegeben. Die Mama ist gemeinsam mit einigen Mitbewohnerinnen aus dem Altenheim mit einem Kleinbus abgeholt worden, und schon nach zehn Minuten haben sie alle begonnen, die nostalgischen Gassenhauer inbrünstig mitzusingen.

Ich erinnere mich gut an diesen seltsamen Nachmittag. Er hatte etwas von einer Kaffeefahrt.

„Aber dieser pubertäre Kabarettist aus Rostock … – ganz ehrlich: alles andere als komisch", rüffelt Torben mit Blick zu mir und fügt Richtung Amanda hinzu: „Er ist als Zeitungsjunge aufgetreten und hat sich über die Politiker aufgeregt. Wie hatte er das noch genannt …?!"

„Die Dynamik der politischen Apathie", antworte ich.

„Genau. Und man sollte sehr misstrauisch gegenüber Politikern sein, die niemals lachen, meinte er. – Da muss ich ihm allerdings Recht geben."

„Torben, wir haben hier etwas Wichtiges zu besprechen", sage ich genervt.

„Ich wollte sowieso gerade gehen", kontert er und erhebt sich von seinem Stuhl. „Freut mich, dich kennengelernt zu haben", flötet er in Richtung Amanda Schiller, die mit einem leicht gequälten Lächeln reagiert. Dann verschwindet er durch die Tür hinaus auf die Straße.

Einen Moment ist es wieder still im Raum.

„Was genau wäre denn eigentlich meine Aufgabe, falls Sie mich überhaupt einstellen sollten?", fragt Amanda Schiller, legt das Programm zurück auf den Tisch und nestelt nervös am Revers ihrer Kostümjacke.

„Nun, die Büroarbeit wächst mir über den Kopf. Verträge müssen geschrieben werden, die Korrespondenz stapelt sich …"

„Sie suchen also eigentlich nur eine Bürohilfe?", unterbricht sie mich und klingt dabei etwas ernüchtert.

Ich schlucke.

„Nein", entgegne ich. „Es ist ja viel mehr."

„Nämlich?"

Sie bemerkt mein Zögern.

„Mir kommt da ein Duo in den Sinn", sagt sie. „Violine und Bandoneon. Sie spielen argentinische Tangos und Tango Nuevos von Piazzolla. Die beiden sind gerade in Norddeutschland auf Tournee. Wäre das nicht etwas für das Haus?"

„Klingt interessant, aber so kurzfristig lässt sich das, glaube ich, kaum einplanen."

Amanda Schiller lässt nicht locker. „Ein Saxofon-Quartett fällt mir noch ein. Großartige Musiker. Die planen längerfristig."

„Vier Saxofone gleichzeitig in unserem kleinen Saal: Ist das nicht zu laut?", gebe ich zu bedenken.

„Sie suchen doch nur eine Bürohilfe."

„Nein! – Also …"

Amanda Schiller hat bislang das Programm für einen Club in Schwerin organisiert, der vor kurzem allerdings schließen musste. Der Pachtvertrag lief aus, und es gab zunehmend Ärger mit den umliegenden Anwohnern, die sich über den Lärm beschwert hatten.

„Ehrlich gesagt fühle ich mich mit einem Job als Bürohilfe ein wenig unterfordert", gesteht sie. „Ich möchte auch gestalten."

„Als Hannah noch hier war, habe ich mich zwar allein um die Ausstellungen gekümmert, aber das Abendprogramm haben wir tatsächlich zu zweit organisiert."

Amanda Schiller starrt mich regungslos an.

„Aber wir kannten uns eben auch schon lange und waren aufeinander eingespielt …"

Sie starrt mich immer noch regungslos an.

„Gut", sage ich. „Ich werde nochmal darüber nachdenken. Sie hören in den nächsten Tagen von mir."

Am darauffolgenden Morgen gehe ich eher lustlos noch einmal die übrigen Bewerbungen durch, die ich auf meine Anzeige erhalten hatte. Tatsächlich haben mich die Unterlagen von Amanda Schiller gleich zu Anfang am meisten überzeugt. Sie scheint mir die Einzige zu sein, die sich auch für Kultur interessiert. Eine der übrigen Bewerberinnen hat bislang im Büro bei einem Immobilienmakler gearbeitet, eine andere kümmerte sich zuletzt um die Finanzbuchhaltung in einer Kfz-Werkstatt, die Dritte besaß bis vor kurzem einen kleinen Laden für Dessous, der Konkurs anmelden musste. Alle drei wohnen hier im Ort, aber ich kann mich nicht erinnern, eine von ihnen jemals bei einer Veranstaltung im Haus gesehen zu haben.

Ich vermisse Hannah.

Unschlüssig lege ich die Bewerbungen wieder beiseite und versuche, das leidige Personalproblem zu verdrängen. Eine Notiz, die am Monitor meines Computers klebt, erinnert mich daran, dass ich nochmal probieren sollte, Noemi Zelder telefonisch zu erreichen. Die junge Studentin von der Hamburger Hochschule für Musik und Theater hatte mir ein Projekt angeboten, das sie zusammen mit sechs Kommilitonen erarbeitet hat. Eigentlich lehne ich Angebote von Ensembles mit mehr als drei Personen grundsätzlich ab. Allein schon deshalb, weil es sich kaum finanzieren lässt, wenn man die Künstler einigermaßen fair bezahlen möchte. Doch unsere Bühne ist auch zu klein. Die Akteure würden sich gegenseitig auf die Füße treten. Noemi versicherte mir allerdings, dass sie für das Projekt nicht viel Platz bräuchten, weil sie kaum einmal alle gleichzeitig auf der Bühne stehen. Und auch das Honorar von 150 Euro pro Person konnte sie nicht abschrecken. Mehr, erklärte ich ihr, sei bei einem Ensemble von sieben Personen finanziell einfach nicht machbar. Ihre Idee zu realisieren, so meinte sie, sei ihnen wichtiger als das Geld.

In dem Projekt geht es um *Alice im Wunderland*. In einer Mischung aus Rezitation und Gesang, Klassik und Jazz wollen sie den Roman von Lewis Carroll neu interpretieren. Sie kombinieren Elemente aus dem Text mit Liedern aus dem Disney-Film und Songs von Tom Waits aus dessen Avantgarde-Musical *Alice*. Noemi erwähnte die *Schubertiaden*, Hauskonzerte, die zu Lebzeiten Franz Schuberts veranstaltet wurden und die sie sich für das Projekt zum Vorbild genommen hätten. Eine Mischung aus freundschaftlichem Treffen und literarisch-musikalischem Salon, wobei Konzert und Lesung durch geistvolle Unterhaltungsspiele ergänzt werden sollen.

Die Idee hat mir gefallen, und so habe ich die Studentengruppe engagiert, obwohl ich bislang nur Noemi persönlich kennenlernen konnte. Ich weiß natürlich, dass es ein gewisses Risiko birgt, mit Leuten zu arbeiten, die ihre Professionalität noch trainieren müssen. Deshalb wundere ich mich auch nicht, dass ich seit zehn Tagen vergeblich auf ein einigermaßen originelles Pressefoto warte.

Ich höre das Freizeichen. Es klingelt sicher zehnmal, bevor Noemi sich endlich meldet. Offensichtlich habe ich sie geweckt.

„Wir haben gestern ziemlich lange geprobt", grummelt sie mit verschlafener Stimme durchs Telefon.

Als ich nach dem Pressefoto frage, bleibt es am anderen Ende erst einmal still.

„Dir ist offensichtlich nicht klar, wie wichtig so ein Foto für die Werbung ist", erkläre ich ihr. „Nicht nur für die Berichterstattung in der Zeitung, sondern auch für ein gutes Plakat. Ja, wärest du Tom Waits oder Walt Disney, dann könnten wir eventuell darauf verzichten. Aber tatsächlich bist du ja nicht mal Alice."

„Es ist einfach schwierig, alle sieben Leute für einen Fototermin zusammen zu bekommen", entschuldigt sie sich. „Ich habe ein Foto von Cora und mir, das ich dir mailen könnte. Cora ist die Jazztrompete."

„Nein, das genügt nicht, Noemi."

„Ein Foto von Ferdinand könnte ich auch noch auftreiben. Einer der Schauspieler."

„Hast du mir doch schon geschickt, aber das scheint mir ein Schnappschuss aus dem Urlaub zu sein."

Unprofessionell, denke ich. Wie konnte ich mich nur darauf einlassen?

„Ich kümmere mich nochmal darum", versichert mir Noemi, und wir beenden das Gespräch.

Mein Blick fällt zwangsläufig wieder auf den Stapel mit den Bewerbungsunterlagen. Ich entschließe mich, einmal diese Finanzbuchhalterin anzurufen.

„Hallihallo", höre ich plötzlich Torbens Stimme.

„Du schon wieder."

Torben hält eine Skizzenmappe unter dem Arm und kommt auf mich zu.

„Keine Angst, die ist nicht für dich", beruhigt er mich.

„Sondern?"

„Ich habe vor, einen Blog zu starten. – Da staunst du, was?", fügt er hinzu, als er meinen irritierten Gesichtsausdruck sieht.

„Torben, ich muss dringend telefonieren", erkläre ich ihm und bemerke gleichzeitig, dass mir die Ablenkung gar nicht so unangenehm ist. Die Finanzbuchhalterin kann warten.

„Ich werde jetzt jeden Tag ein Bild malen und in einem Blog online zum Kauf anbieten. Am ersten Tag kostet es nur 250 Euro, aber jeden Tag wird es fünfzig Euro teurer. Das heißt, je früher jemand zugreift, umso günstiger bekommt er es."

„Täglich ein Bild? Da hast du einen ziemlichen Zeitdruck."

„Es werden ja kleine Arbeiten sein, und ich will natürlich auch immer einige Bilder in petto haben. Falls es einen Tag mal eng wird."

Keine so schlechte Idee, denke ich. Aber das behalte ich für mich.

„Und? Was denkst du darüber?", fragt er.

„Hast du dann überhaupt noch die Muße, dich um deine Ausstellung in Brandenburg zu kümmern, von der du erzählt hast?"

„Die habe ich abgesagt. Der Kurator ist abgesprungen, und der Typ, der da jetzt zuständig sein soll, hat nicht das geringste Gespür für Kunst."

„Ach, ja?"

„Dem fehlt die künstlerische Sensibilität. Da geht es nur noch ums Geld. Mit Buchhaltern will ich nicht arbeiten."

„Auch ein Buchhalter kann sich für Kunst interessieren."

„Die haben doch nur Zahlen im Kopf."

„Es ist nicht verkehrt, wenn Galeristen etwas von Finanzen verstehen."

„Vor allem ist es nicht verkehrt, wenn sie etwas von Kunst verstehen", kontert Torben. Dann sieht er auf die Uhr, und ihm fällt ein, dass er dringend weiter muss, wenn er seinen Termin beim Friseur nicht verpassen will. Mit einem Wink verabschiedet er sich und ist im nächsten Augenblick verschwunden.

Die Finanzbuchhalterin wartet immer noch auf meinen Anruf. Ich schiebe die Bewerbungsunterlagen erneut beiseite. Morgen ist auch noch ein Tag.

2

Am frühen Nachmittag bin ich mit meinem Mann im Stadtcafé verabredet. Simon wollte morgens nach Hamburg fahren, um ein paar Farben und Leinwände zu besorgen. Als ich kurz nach 14 Uhr das Café betrete, sitzt er bereits an einem der Tische am Fenster und nickt mir zu.

Wir begrüßen uns mit einem Kuss, und ich setze mich ihm gegenüber. Mein Blick streift durch den Raum. Wie üblich um diese Zeit sind fast alle Plätze besetzt, und gewohnheitsmäßig kontrolliere ich, ob sich Stammkunden unseres Kulturhauses unter den Gästen befinden, die einen kurzen Gruß von mir erwarten. Im ersten Moment erkenne ich niemanden, doch dann entdecke ich unsere Zahnärztin mit ihrem Mann am anderen Ende des Cafés. Sie sind allerdings so sehr in ihr offensichtlich recht ernsthaftes Gespräch vertieft, dass sie mich nicht bemerken.

„Ich habe dir schon einen Milchkaffee und ein Stück Schokoladentorte bestellt", verrät Simon. – „Die isst du doch sonst so gern", fügt er hinzu, als er bemerkt, dass ich mit den Augen rolle.

„Ja, ist schon in Ordnung."

„Sonst müssen wir tauschen, und du nimmst meinen Apfelstrudel."

Simon weiß, dass ich Apfelstrudel nicht ausstehen kann.

Während wir auf unsere Bestellung warten, erzählt er mir von seinem Ausflug nach Hamburg. Auf dem Weg zu seinem Lieblingsladen mit Künstlerbedarf ist er in einen großflächigen Feuerwehreinsatz geraten. Der Dachstuhl eines Hauses hat gebrannt, und die Flammen schossen nur so in die Höhe, wie mir Simon mit ausladenden Gesten aufgeregt schildert. Mehrere Löschfahrzeuge seien im Einsatz gewesen, und die gesamte Fußgängerzone musste für zwei Stunden komplett gesperrt werden. Simon entschloss sich kurzerhand, dem Pulk von Schaulustigen den Rücken zu kehren und die Wartezeit in einem kleinen Restaurant in der Nebenstraße zu verbringen.

„Hatten wir nicht hier in der Kreisstadt vor kurzem auch erst einen Dachstuhlbrand?", versuche ich mich zu erinnern.

„Keine Ahnung", erwidert Simon. „Aber das kann man doch auch nicht vergleichen."

„Wieso nicht?"

„Hast du schon eine Entscheidung getroffen, ob du diese Frau aus Schwerin einstellst?", wechselt er das Thema. „Wie hieß die noch? Goethe oder so." Simon grinst schelmisch.

„Goethe, ja", reagiere ich genervt. „Amanda Goethe. – Nein, habe ich noch nicht entschieden."

„Ich weiß sowieso nicht, warum du noch jemanden suchst", nörgelt Simon, während uns die neue Kellnerin mit stoischer Miene den bestellten Kaffee und Kuchen serviert.

„Weil mir die Arbeit über den Kopf wächst."

„Ich könnte dir ja dann und wann helfen. Aber mir traust du das offensichtlich nicht zu."

„Du sollst malen. Kümmere dich um deine Kunst."

Simon blickt beleidigt auf seinen Teller und schiebt wortlos ein Stück des Apfelstrudels durch die schmierige Vanillesoße.

„Amanda Schiller will sich allerdings in die Programmplanung einmischen", gestehe ich. „Und das gefällt mir gar nicht."

„Das ist dein Problem", ätzt Simon. „Alles willst du immer alleine machen, und hinterher jammerst du über zu viel Arbeit."

„Iss deinen Apfelstrudel."

Ich schaue auf die Uhr.

„Schon wieder unter Zeitdruck?", fragt Simon.

„Ich habe doch heute Abend das Konzert, und ich muss die Musiker vom Zug abholen."

Auf dem Weg zum Bahnhof fahre ich bei der Druckerei vorbei, um die bestellten Programmzettel für den Abend mitzunehmen. Ich wollte etwas Aufwändigeres, das ich nicht am eigenen Kopierer herstellen konnte. Das Deckblatt ist identisch mit dem Plakat, das ich vorab hatte drucken lassen. Es zeigt ausgesprochen gelungene Porträts der beiden Musiker: Johanna und Demian Basler, jung, attraktiv, frisch verheiratet. Mir kam die Idee, die Fotos so zu bearbeiten, dass sie ein wenig an die ikonischen Siebdrucke von Andy Warhol erinnern. Ich hoffe, auf diese Weise nicht nur ein größeres, sondern auch einmal ein jüngeres Publikum anzulocken. Auf dem Programm stehen allerdings klassische Sonaten von Brahms, Beethoven, Fanny Hensel und Schostakowitsch. Das lässt sich nicht verleugnen. Wer dann mit der Musik nichts anfangen kann, hat aber zumindest die Gelegenheit, zwei schönen Menschen bei der Arbeit zuzusehen.

Johanna und Demian warten bereits vor der Touristen-Information, als ich am Bahnhof eintreffe. Sie stützt sich auf einen knallgelben Trolley und mustert die zugegeben triste Umgebung, die den Bereich um dem Bahnhof prägt. Ihre langen, rotbraunen Haare hat Johanna mit einem Kamm hochgesteckt, und so erinnert sie mich an eine Frau aus einem Gemälde von Gustav Klimt, die sich auf ihrer Zeitreise in einen zerknautschten Trenchcoat gewickelt hat. Demian hat ein ausdrucksstarkes, kantiges Gesicht mit grünblauen Augen und einer weißblonden Igelfrisur. Ich muss unweigerlich an den jungen Billy Idol denken. Sein Cello, das fast genauso groß ist wie er selbst, trägt Demian lässig auf dem Rücken.

„Ich glaube, ich war echt noch nie in dieser Gegend", staunt Demian, während er sein Cello neben sich auf die Rückbank zerrt.

„Aber ihr lebt doch schon länger im Norden, oder?", frage ich.

„In Hamburg, ja. Aber alles, was darüber liegt, betritt Demian nur, wenn du ihn mit Geld lockst", lacht Johanna und lässt sich neben mir ins Auto fallen. „Eigentlich ist ihm Hamburg schon viel zu weit nördlich."

Auf der Fahrt zum *Kulturwerk* beginnen sie von ihrem gemeinsamen Gastspiel am Comer See zu schwärmen. Von dem angenehmen Klima, dem atemberaubenden Bergpanorama, dem Dom von Como und der imposanten mittelalterlichen Stadtmauer.

„Aber vor allem Bellagio musst du gesehen haben", begeistert sich Demian. „Ich denke, Bellagio ist einer der schönsten Ferienorte überhaupt. Große Parkanlagen voller Zypressen, Azaleen, Rosen, Kamelien und Rhododendren."

„Rhododendron gibt es hier auch", werfe ich ein.

„Papperlapapp. Die Gärten in Bellagio zählen zu den charmantesten Italiens."

„Schau mal aus dem Fenster, Demian", unterbricht ihn Johanna schließlich. „Hier ist es auch nicht schlecht."

„Ja. Schöner grauer Himmel."

Wir erreichen das *Kulturwerk*. Ich parke das Auto hinter dem Haus, Johanna und Demian greifen sich Trolley und Cello und folgen mir durch den Hintereingang.

„Sehr intim", konstatiert Demian, als wir den Saal betreten.

„Stimmt, es ist nicht sehr groß", gestehe ich ein. „Aber unsere Gäste lieben gerade diese eher häusliche Atmosphäre."

„Verstehe uns nicht falsch", sagt Johanna. „Wir spielen auch lieber in kleineren Sälen. In großen Hallen vermisse ich den Kontakt zum Publikum."

Demian stimmt ihr zu, und während Johanna den Flügel begutachtet, packt er sein Cello aus. Sie wollen sich ein wenig einspielen, und ich verabschiede mich ins Büro, um die Buchungen für den Abend zu kontrollieren.

Die Veranstaltung ist bislang zur Hälfte ausverkauft. Natürlich habe ich meine Stammgäste, auf die ich mich verlassen kann. Vor allem, wenn Kammermusik auf dem Spielplan steht. Sie füllen allerdings nicht den Raum. Wäre ich immer ausverkauft, könnte ich die Eintrittspreise reduzieren. Dann aber wäre die Nachfrage nach Tickets vielleicht so groß, dass gar nicht für alle

Platz wäre. Das nennt man wohl Teufelskreis. Es ist, wie es ist.

Jemand klopft von außen gegen die Fensterscheibe. Ich sehe hoch und entdecke zu meiner Überraschung Gisela Quecke, die Redakteurin unserer Lokalzeitung, die spähend ihre Nase gegen das Glas drückt.

„Haben Sie noch eine Karte für heute Abend?", fragt sie, als ich ihr die Tür öffne.

„Auch zehn, wenn Sie wollen", antworte ich und wundere mich gleichzeitig über ihr Interesse. Ich kann mich nicht erinnern, dass Frau Quecke jemals einen unserer Kammermusikabende besucht hätte.

„Eine genügt", winkt sie ab und folgt mir zum Schreibtisch. „Mein Chef war vor kurzem bei einem Konzert der beiden Künstler in Berlin. Ein Freund hatte ihn mitgeschleppt. Er ist eher widerwillig mitgegangen, aber anschließend war er so begeistert …! – Als er jetzt gelesen hat, dass die hier bei uns auftreten, meinte er, wir müssten unbedingt darüber berichten."

„Das freut mich", sage ich.

„Es wird doch auch Schostakowitsch gespielt, richtig?"

„Seine Sonate für Cello und Klavier op. 40 d-Moll."

„Vierzig, genau. Die hatten sie wohl auch in Berlin auf dem Programm."

Während ich am PC das Ticket buche, setzt sich Gisela Quecke auf den Stuhl mir gegenüber. Aus dem Saal nebenan dringt die Musik von Johanna und Demian zu uns herüber.

„Klingt doch ganz gut", meint Frau Quecke und lauscht.

„Was die da gerade spielen, ist allerdings Brahms."

„Ach …"

„Manche meinen, das sei keine Musik, sondern Chaos."

„Brahms?"

„Schostakowitsch. Die *Prawda* hatte das geschrieben, nachdem die Sonate damals in Russland zum ersten Mal aufgeführt worden war."

„Ist die Musik denn so schrecklich?"

„Ganz im Gegenteil: Sie ist großartig", erkläre ich. „Aber Sie dürfen nicht vergessen, dass Stalin damals gerade den sozialistischen Realismus verkündet hatte. Die Künstler sollten optimistisch und volksnah komponieren. Die Musik von Schostakowitsch ist alles andere als das."

„Oh, je …", beginnt Gisela Quecke zu zweifeln.

„Lassen Sie sich überraschen", sage ich. „Vielleicht gefällt es Ihnen ja."

Am Abend sitzen kurz vor acht 32 Zuschauer in unserem Saal und warten auf den Beginn der Vorstellung, mittendrin auch Gisela Quecke. Applaus. Johanna und Demian betreten die Bühne. Sie begrüßen die Gäste, bedanken sich für die Einladung und das Interesse an der Veranstaltung. Dann setzt sich Johanna an den Flügel, Demian greift sich sein Cello und nimmt ebenfalls Platz. Es wird still im Raum, und das Konzert beginnt mit Brahms, einer romantischen Liebeserklärung an Clara Schumann. Zart und impressionistisch klingt die Sonate und erweist sich im Spiel von Johanna und Demian doch voller Spannung. Auf Brahms folgt Beethoven. Er war einst der Erste, der Cello und Klavier gleichberechtigt einzusetzen wusste, und er galt daher für Brahms als großes Vorbild. Nach einer kleinen Pause steht Fanny Hensel auf dem Programm, mit einer kurzen, recht eigenwillig expressiven Fantasie, die sie ihrem Bruder in London gewidmet hat. Und schließlich die Sonate von Schostakowitsch. Ist der erste Satz noch von der russischen Folklore inspiriert, überrascht der zweite mit orientalischen Anklängen; das darauffolgende Largo wirkt fahl und geisterhaft. Im Finale schließlich kippt die Sonate mit Marsch- und Jazzelementen ins Groteske, überschreitet die Grenzen der Harmonie und karikiert die einst von offizieller Seite gewünschte volksmusikalische Ausrichtung. Demian wütet auf seinem Cello, entlockt dem Instrument alle erdenklichen Klangfarben, doch dann … – Abrupt bricht die Musik ab: Stille. Johanna blickt erschrocken zu Demian, Demian in die Gesichter des verdutzten Publikums.

„Das ist mir wirklich noch nie passiert", stammelt er.

Die C-Saite seines Cellos ist gerissen.

„Tut mir leid, aber die reißt eigentlich nie. Deshalb habe ich auch keinen Ersatz dabei. Das heißt …"

„Wir können die Sonate nicht zu Ende spielen", ergänzt Johanna.

Einen Augenblick lang herrscht allgemeine Ratlosigkeit, dann erheben sich nach und nach alle Zuschauer von ihren Plätzen und spenden dem Duo einen nahezu frenetischen Beifall. Johanna und Demian sind gerührt von dieser überwältigenden Sympathie und versprechen, zu einem späteren Termin gern wiederzukommen, um die Sonate dann einmal vollständig zu spielen. Nun aber sind wir gezwungen, die Veranstaltung vorzeitig zu beenden.

„Das war wirklich interessant", lobt Frau Quecke, während sie auf mich zukommt. „Leider nur etwas plötzlich vorbei."

„Ja, leider."

„Dafür habe ich jetzt eine schöne Schlagzeile", strahlt sie mit einem Augenzwinkern, verabschiedet sich von uns und verlässt hinter den übrigen Gästen das Haus.

Eine halbe Stunde später sitze ich mit Johanna und Demian wieder im Auto, und wir fahren zurück Richtung Bahnhof.

„Wenn wir die komplette Sonate gespielt hätten, wäre das mit der Zugverbindung ziemlich knapp geworden", meint Demian, während er auf seine Uhr schaut.

„Nein, das hätte schon noch geklappt", beruhige ich ihn.

„Aber das ist doch der letzte Zug heute Abend, oder nicht?", fragt Johanna.

„Notfalls hätte ich euch noch ein Hotelzimmer für die Nacht besorgt", entgegne ich.

„Lieb gemeint, aber das wäre überhaupt nicht in Frage gekommen", erklärt Johanna. „Wir müssen unbedingt heute Abend zurück nach Hamburg zu unserem Baby."

„Ihr habt ein Baby?"

„Ja, eine Freundin macht für uns heute Abend den Babysitter. Für ein paar Stunden ist das in Ordnung. Aber nicht für die ganze Nacht."

Ich parke das Auto seitlich des Bahnhofgebäudes und begleite Johanna und Demian zum Bahnsteig. Es ist 22:30 Uhr. Wir haben noch fünf Minuten Zeit, wenn der Zug pünktlich einfährt. Allerdings irritiert uns, dass wir die einzigen Fahrgäste auf dem Bahnhof sind.

„Haben wir den Zug womöglich verpasst?", fragt Johanna.

„Mit Sicherheit nicht", antworte ich. „Züge der Deutschen Bahn kommen zu spät, aber nicht zu früh."

Laut Anzeige am Gleis ist keine Verzögerung zu befürchten, und so sind wir zuversichtlich und warten.

Ein älterer Herr betritt kurze Zeit später den Bahnsteig und will offensichtlich in einen Zug auf dem gegenüberliegenden Gleis einsteigen. Eine Weile beobachtet er uns aus den Augenwinkeln, schließlich kommt er auf uns zu.

„Sie warten auf den Zug nach Hamburg?", fragt er. „Der fährt heute nicht mehr. Da ist wohl ein Gleis defekt."

„Sind Sie sicher?", entgegne ich. „Wir haben keine Durchsage gehört."

Der Mann zuckt mit den Schultern und kehrt uns wieder den Rücken.

„Ungewöhnlich", bemerke ich Richtung Johanna und Demian.

„Ich muss unbedingt nach Hause!" Johanna wird nervös.

„Lasst uns zurück zum Auto gehen und überlegen, was wir tun können", schlage ich schließlich vor.

Die beiden stimmen mir notgedrungen zu. Demian blickt mit Sorge auf Johanna, die zunehmend unruhiger wird.

Auf dem Weg zum Parkplatz kommt uns Gisela Quecke entgegen. Sie führt einen kleinen Hund an der Leine. Als sie uns entdeckt, lächelt sie.

„Sie haben einen Hund, Frau Quecke?", frage ich.

„Schon lange", antwortet sie. „Er musste nochmal raus. Also drehen wir noch eine Runde."

Ich bemerke, dass sie etwas irritiert auf Johanna und Demian schaut, und so erzähle ich ihr kurz von unserem Problem.

„Sie müssen natürlich unbedingt zu Ihrem Baby", entrüstet sie sich und zieht ihren Hund etwas näher an sich heran.

Einen Augenblick stehen wir ziemlich ratlos beieinander.

„Wissen Sie, Sie haben so schön gespielt. Ich werde Sie nach Hamburg fahren", sagt Gisela Quecke plötzlich.

„Wirklich?" Johanna mag es kaum glauben. „Aber das können wir doch gar nicht annehmen."

„Nehmen Sie es als Dankeschön für den wunderbaren Abend."

„Ich könnte euch natürlich auch fahren", mische ich mich ein.

„Das kommt überhaupt nicht in Frage", entrüstet sich Gisela Quecke. „Ich habe den Vorschlag zuerst gemacht!"

„Frau Quecke, Sie überraschen mich immer wieder", gestehe ich.

„Unter einer Bedingung allerdings", erklärt sie mit Blick auf Demian.

„Nämlich?"

„Sie müssen meinen Hund mit auf die Rückbank nehmen. Und der kann ziemlich aufdringlich sein."

„Kein Problem. Wenn er sich mit meinem Cello verträgt."

„Rudi ist sehr eifersüchtig", kontert Frau Quecke.
Wir müssen lachen.

3

„Ich weiß, dass es mit mir nicht immer einfach ist", höre ich mich sagen.

Amanda Schiller sitzt mir wieder gegenüber und strahlt eine nahezu erdrückende Selbstsicherheit aus. Sie trägt dieses Mal einen schwarzen Hosenanzug, schlägt im nächsten Moment ihre Beine übereinander und blickt mich einmal mehr stumm und regungslos an.

Mich ärgert, dass es ihr gelingt, mich zu verunsichern.

„Ich delegiere eben ungern anstehende Entscheidungen", füge ich hinzu.

„In diesem Fall können Sie sie gar nicht delegieren", erwidert Amanda Schiller.

„Ja, Sie haben natürlich Recht."

„Es ist doch von Vorteil, ein Korrektiv an seiner Seite zu haben", erklärt sie mit fast ausdrucksloser Stimme. „Haben Sie nicht mit Hannah eben diese Erfahrungen gemacht?"

„Wir waren, wie man so schön sagt, ein eingeschworenes Team."

Aber haben wir denn wirklich miteinander gearbeitet, überlege ich. War es nicht eher ein nebeneinanderher Arbeiten? Gut, die Ausstellungen wollte ich sowieso von Anfang an allein organisieren. Aber auch die Veranstaltungen wurden eigentlich nie von uns gemeinsam ausgewählt und gebucht, sondern entweder von

Hannah oder von mir. Jeder hat seinen Teil zum Programm beigetragen. Natürlich haben wir uns darüber ausgetauscht, dann aber hat doch jeder das gemacht, was er wollte. Diese plötzliche Erkenntnis macht mich ein wenig traurig, denn sie trübt meine wehmütigen Erinnerungen an die gemeinsame Zeit mit Hannah. Überhaupt habe ich seit Wochen nichts von ihr gehört, und ich bin auch selbst in letzter Zeit nicht auf die Idee gekommen, sie wieder einmal anzurufen. Und sei es nur, um sie zu fragen, wie es ihr in New York gerade geht.

Amanda Schiller räuspert sich und holt mich aus meinen Gedanken.

„Ich bin nicht Hannah, und ich kann nicht einmal sagen, ob ich das bedaure. Ich kenne Ihre Freundin ja nicht. Aber ich bin eben auch nicht in New York, sondern sitze Ihnen hier gegenüber und biete Ihnen meine Unterstützung an. Auf mich können Sie sich verlassen." Zum ersten Mal lächelt Amanda Schiller.

Auf Hannah konnte ich mich auch verlassen, denke ich und ärgere mich ein wenig über die Bemerkung.

„Nun ..." Ich versuche, meine Anspannung abzuschütteln. „Wir sollten es in jedem Fall miteinander probieren." Ich reiche ihr meine Hand, und sie streckt mir ihre bereitwillig entgegen.

„Eine Probezeit wäre ratsam", schlägt Amanda Schiller vor.

„Selbstverständlich", erwidere ich. „Drei Monate?"

„Gern. Und ich habe – gewissermaßen zum Einstand – auch gleich eine kleine Überraschung mitgebracht."

Ich blicke irritiert auf meine neue Mitarbeiterin, die es sich in ihrem Stuhl nun etwas bequemer gemacht hat. So, als wäre sie jetzt erst richtig angekommen.

„Sie kennen Tillmann Schopf?"

„Nicht persönlich", antworte ich. „Aber ja. Der Kaba-rettist. Er hat ja jetzt sogar seine eigene TV-Show und ist inzwischen ziemlich populär."

„Und wirklich brillant", ergänzt Amanda Schiller. „Analytisch scharf und politisch erfrischend unkor-rekt."

„Er spricht das aus, was die meisten sich inzwischen kaum mehr zu sagen trauen, das stimmt."

„Ich habe mit seinem Agenten gesprochen und ge-fragt, ob Tillmann nicht bei uns auftreten könnte."

„Bei uns?", frage ich erstaunt.

„Und er war nicht abgeneigt." Amanda Schiller nickt stolz.

„Sie waren sich wohl sehr sicher, dass Sie den Job be-kommen …?!"

Es gefällt mir nicht, dass sich diese impertinent sie-gessichere Frau in meine Arbeit einmischt, bevor ich sie überhaupt engagiert habe. Andererseits würde ein Gast-spiel von Tillmann Schopf in unserem Hause sicher Ein-druck machen.

„Ich habe nur angefragt. Ich habe nichts unterschrie-ben", konstatiert Amanda Schiller. „Sie brauchen nicht einmal NEIN zu sagen. Sie können es einfach ignorieren, wenn Ihnen das Angebot nicht zusagt. Wozu ich Ihnen allerdings nicht raten würde."

„Wir reden nochmal darüber, wenn Sie Ihren Vertrag unterschrieben haben", entgegne ich jovial und versu-che, mich zu entspannen.

„Ein bisschen viel Blau, oder?", frage ich Simon, als ich am Nachmittag sein Atelier betrete und ihn an seiner Staffelei vor einer Leinwand stehen sehe, auf der sich

Kobalt, Cyan, Indigo und Azur wild miteinander kreuzen.

„Es wird mein neuer Zyklus", verkündet er beiläufig, ohne sich zu mir umzusehen.

„Deine blaue Periode?" Ich setze mich auf einem Stuhl am anderen Ende des Raumes und beobachte sein Treiben.

„Seestücke", sagt er.

„Seestücke? So wie Caspar David Friedrich und Emil Nolde und Gerhard Richter und …?"

„Anders", unterbricht mich Simon.

„Wie anders?"

„Zum Beispiel werde ich jeweils zwei Leinwände übereinander montieren. Auf der unteren Leinwand ist das Meer, auf der oberen der Himmel. Dort, wo die beiden Leinwände aneinanderstoßen, entsteht der Horizont."

„Aha."

„Er wirkt dadurch plastischer."

Als wir damals die Stadt verlassen haben und hierher gezogen sind, meinten viele unserer Freunde entgeistert, hier gäbe es doch nichts außer Himmel und Watt. Jetzt muss ich gerade daran denken. Simon entgegnete dann stets, das wäre ja gerade das Besondere. Watt und Himmel bildeten hier die Landschaft: die tosende Brandung, die Urgewalten von Ebbe und Flut, Wolkenformationen, die immer wieder beschworene endlose Weite und die Linie des Horizonts, die Himmel und Meer voneinander trennt. Besser noch: wo Himmel und Meer einander berühren. Simon wollte Hamburg anfangs nicht verlassen. Und doch hat er meinen Entschluss stets auf diese beinahe poetische Art verteidigt. Und ist mir trotz all seiner Bedenken gefolgt.

Mit einem fast stechenden Weiß tupft Simon jetzt Gischt an die oberen Ränder der Wellen.

„Das habe ich schon hundertmal gesehen", frotzle ich.

„Ja, dir kann man nichts vormachen", frotzelt Simon zurück. „So kultiviert und gebildet wie du bist."

„Mal doch, was du willst", kläffe ich, stoße mich beleidigt aus dem Stuhl und bewege mich Richtung Tür, um das Atelier wieder zu verlassen.

„Nun erzähl schon, was ist los?", fragt Simon und dreht sich endlich zu mir um.

„Was soll denn los sein?", frage ich zurück und bemerke meinen etwas pikierten Unterton.

„Mein Blau wird ja wohl kaum der Grund dafür sein, dass du so gereizt bist."

Ich erzähle ihm von meinem Treffen mit Amanda Schiller. Davon, wie es ihr gelungen ist, mich zu verunsichern. Meine Autorität in Frage zu stellen. Und überhaupt …!

„Das gefällt dir nicht, was?" Simon bricht in schallendes Gelächter aus.

„Ich finde das überhaupt nicht komisch", verteidige ich mich.

„Sei doch froh, dass du jemanden gefunden hast, der dir ebenbürtig ist. Das kann doch für das Haus nur von Vorteil sein."

„Das muss sich erst noch zeigen", erwidere ich.

„Armer schwarzer Kater", schnurrt Simon und nimmt mich in den Arm.

„Pass auf! Du hast Farbe an den Händen …"

„Das habe ich noch nicht erlebt!" Oskar Bundschuh blickt gleichermaßen ratlos und erbost auf seine Bilder, die im großen Saal in drei Reihen hintereinander gestellt auf den Abtransport warten.

Es ist Wochenende. Die Ausstellung ist seit gestern beendet, und wir haben gerade sämtliche Exponate abgehängt und eingepackt.

„Nicht ein einziges meiner Bilder verkauft …!" Oskar Bundschuh kann es immer noch nicht fassen.

„Tut mir leid", sage ich. „Aber das passiert schon mal."

„Bei euch hier in der Provinz vielleicht", zischt er. „Aber nicht bei mir."

„Vielleicht sollten Sie Ihre Sujets einmal überdenken", höre ich hinter mir die Stimme von Amanda Schiller. Ihr Kommentar überrascht mich. Es ist heute ihr erster Tag im *Kulturwerk*, und sie ist gerade damit beschäftigt, die für die Verladung bereitgestellten Bilder mit dem Lieferschein abzugleichen.

„Vielleicht solltest du lieber mal deine Umgangsformen überdenken", blafft Oskar Bundschuh zurück. „Ich glaube, mein Schwein pfeift."

„Ich höre nichts", kontert Amanda Schiller.

Er stürzt auf sie zu, reißt ihr den Lieferschein aus der Hand und greift sich einen Teil des ersten Stapels seiner Bilder, um ihn aus dem Haus zu schaffen.

Ich sehe zu meiner neuen Mitarbeiterin hinüber, und unsere Blicke treffen sich kurz. Dann verschwindet sie ins Büro, und ich greife mir ebenfalls ein Paket der Exponate, die in Luftpolsterfolie verschnürt eigentlich nicht mehr sind als eine x-beliebige Ware, die sich als Ladenhüter erwiesen hat. Ich muss schmunzeln.

Eine halbe Stunde später ist die gesamte Charge im LKW verstaut. Oskar Bundschuh verabschiedet sich mit einem wütenden Schnauben und fährt davon.

„Sie machen sich nicht viel aus Kunst, was?", frage ich Amanda Schiller, als ich ins Büro zurückkehre.

„Möglicherweise sollten wir erst einmal klären, was Kunst ist", stichelt sie und starrt dabei weiter angestrengt auf den Monitor ihres Computers.

„Glücklicherweise ist das nicht nötig, da Sie ja für die Ausstellungen im Haus nicht zuständig sind."

„Glücklicherweise."

„Da Sie gerade so eindrucksvoll in den Computer starren, werfen Sie doch mal einen Blick auf *Alice im Wunderland*", fordere ich Amanda Schiller auf.

Sie sieht mich etwas irritiert an, und ich erzähle ihr von dem Projekt und von unserem Problem, dass bislang keine interessanten Fotos existieren, die für Plakat und Presse nutzbar wären.

„Vielleicht fällt Ihnen dazu ja etwas Originelles ein", sage ich, drehe ihr den Rücken zu und setze mich an meinen Schreibtisch, um das Pressematerial für die nächste Ausstellung zusammenzustellen. Ganz ohne die Kommentare meiner Mitarbeiterin, so hoffe ich.

Im Mittelpunkt stehen starke Frauen, Schauspielerinnen, die in einer ihrer Filmrollen zu Ikonen geworden sind. Rita Hayworth zum Beispiel als *The Lady from Shanghai*, Marlene Dietrich in *Marokko*, Hedy Lamarr in *Ekstase* oder auch Bette Davis in *Dangerous*. Auf den großformatigen Ölgemälden von Mathilde von Kant tauchen sie alle wieder auf, werden von ihr jedoch in Flächen, Strukturen und Farben zerlegt und changieren schemenhaft zwischen Realität und Fantasie.

Ich habe Mathilde von Kant während meiner letzten Reise mit Simon in Lissabon kennengelernt. Es war purer Zufall. Im Labyrinth der engen Gassen von Alfama, dem ältesten Viertel der Stadt, haben wir in einer der kleinen Kneipen Tisch an Tisch gesessen und sind ins Gespräch gekommen. Sie war allein unterwegs, und wir erfuhren, dass sie ursprünglich aus Frankfurt kommt, seit langer Zeit aber in Bergen lebt, einem Künstlerdorf westlich von Alkmaar. Sie erzählte uns, dass sie Künstlerin sei und zeigte uns Fotos ihrer Gemälde. Ich revanchierte mich mit Erlebnissen aus dem Kulturhaus. Sie zeigte Interesse, anfangs aber wohl mehr, weil sie ein wenig in Simon verliebt schien. Am nächsten Tag sind wir zu dritt an die Atlantikküste gefahren, waren abends gemeinsam essen und haben bei Dorade vom Grill unsere Adressen ausgetauscht. Danach trennten sich unsere Wege, doch gleich nach meiner Rückkehr mit Simon habe ich zu ihr wieder Kontakt aufgenommen, um über den Termin für eine mögliche Ausstellung zu sprechen. Wir sind uns schnell einig geworden.

Die Anlieferung ihrer Arbeiten soll morgen durch eine holländische Spedition erfolgen. Mathilde hat glücklicherweise einen Sponsor gefunden, der den Transport finanziert. Ich freue mich auf das Wiedersehen. Simon blickt dem Besuch mit eher gemischten Gefühlen entgegen.

„Wollen Sie mal schauen?" Amanda Schiller reißt mich aus meinen Gedanken. „Ich habe eine Idee, was das Plakat für *Alice* betrifft."

Als ich zu ihrem Platz hinübergehe und ihr über die Schulter blicke, sehe ich den Titel *Alice im Wunderland* in grüner Neonschrift auf schwarzem Grund. Die Buchstaben scheinen aus dem Dunkel heraus zu leuchten, denn sie sind von einer dem Strahlenkranz der Sonne ähnlichen Korona umgeben.

„Kein Foto?", frage ich. „Ausschließlich der Schriftzug?"

„Wenn ich Sie richtig verstanden habe, besitzen wir kein Foto", antwortet Amanda Schiller.

„Hat aber etwas Magisches", lobe ich sie. „Macht neugierig."

„Das will ich doch hoffen."

Drei Stunden später hat Amanda Schiller sich in den Feierabend verabschiedet und mir einen mindestens ebenso schönen Abend gewünscht, wie sie ihn selbst nun vor sich haben würde. Leicht verwundert blieb ich zurück und sitze immer noch an meinem Schreibtisch. Ich sehe auf die Uhr. In New York müsste jetzt gerade Mittagszeit sein. Ich überlege, ob ich versuchen sollte, Hannah zu erreichen. Vielleicht habe ich Glück, und ich erwische sie in einem Moment der Muße. Sie ist doch immer so beschäftigt.

„Hello?" Ihre Stimme.

„Hallo, Hannah", sage ich.

Stille.

„Lange nichts gehört von dir. Wie geht's?", frage ich.

„Oh, du bist es!"

Ich habe das Gefühl, dass sie sich nicht besonders freut, von mir zu hören. Vielleicht erwarte ich zu viel. Wir leben längst in verschiedenen Welten, sind einander fremd geworden. Der räumliche Abstand ist groß, und der zeitliche Abstand wächst stetig weiter.

„Wie läuft es im *Kulturwerk*?", fragt sie dann.

„Oh, alles gut", antworte ich.

Wir schweigen.

„Wirklich. Alles gut", wiederhole ich und entschließe mich, noch nichts von Amanda Schiller zu erzählen. Wer weiß, ob es mit der Zusammenarbeit überhaupt klappt. Es ist besser, erst einmal die Probezeit abzuwarten.

Hannah begnügt sich offensichtlich auch mit meiner knappen Antwort, denn sie beginnt, von einem gewissen Julian zu reden, den sie vor ein paar Monaten kennengelernt hat.

„Julian?"

„Er ist Songwriter und Leadsänger in einer Band", erzählt sie. „Sohn von spanischen Einwanderern."

„Aha", sage ich nur.

„Ich kümmere mich ein bisschen um die Jungs, besorge ihnen Auftritte in Clubs und mache die Gagen aus und so ..."

„Hast du denn die Zeit dafür?", wundere ich mich.

„Klar", kontert sie.

Kümmert sich Hannah nicht mehr um die Auftritte ihres Mannes? Das war doch der Grund, dass sie überhaupt mit ihm nach New York gegangen ist. Natürlich auch der Liebe wegen, doch jemand wie sie braucht eine Aufgabe.

„Wie geht's denn deinem Mann?" frage ich. „Manuel spielt doch noch Cello, oder?"

„Ja, sicher. Aber er ist an der *Juillard School* so eingebunden, dass er meist nur wenig Zeit hat. Und ich hasse es, den ganzen Tag herumzusitzen und darauf zu warten, dass er nach Hause kommt."

Das klingt nicht gut, denke ich.

„Ich muss jetzt Schluss machen", sagt sie plötzlich. „Wir reden ein anderes Mal."

Es klickt. Sie hat die Verbindung beendet.

4

„Frische Ware?" Torben schiebt sich am LKW vorbei, der vor dem Eingang des Kulturhauses geparkt ist.

„Das sind die Bilder für die neue Ausstellung."

Er folgt mir ins Haus. Die ersten Exponate stehen dort bereits ausgepackt an den Wänden. Torben zeigt auf eines der Porträts rechts von ihm.

„Die Dame kommt mir aber bekannt vor."

„Das ist Silvana Mangano", sage ich.

„Silva wer?", fragt Torben verdutzt.

„Die italienische Schauspielerin. Mathilde porträtiert Filmdiven in ihren berühmtesten Rollen."

„Mathilde?"

„Die Künstlerin. – Das hier müsste aus *Edipo Re* sein – von Pasolini."

„Aber irgendwoher kenne ich die Frau doch."

„Mathilde?"

„Nein, die hier auf dem Bild." Torben grübelt noch immer, als hätte er mir nicht zugehört.

„Willst du etwas Bestimmtes?", frage ich ihn.

„Nein. Ich wollte gerade zum Bäcker, und da habe ich den LKW bei dir vor der Tür stehen sehen."

„Dann hast du deine Neugier jetzt befriedigt und ich kann weiterarbeiten?"

„Hatte ich dir von meinem Blog erzählt?"

„Hast du."

Ich überlege, wann ich mit den Arbeiten von Torben das letzte Mal eine Ausstellung gemacht habe. Das müsste inzwischen mehr als drei Jahre her sein. Es war auch eine Serie mit weiblichen Porträts. Insofern eine Parallele zu Mathilde von Kant. Allerdings deutlich profaner. Ich vermute, dass Torben damals seine vielen kleinen Affären auf diese Weise verewigt hatte. Zur Vernissage sind jedenfalls all seine Modelle aufgetaucht und haben sich vermutlich aus den Augenwinkeln gegenseitig misstrauisch beäugt. Ich muss schmunzeln.

„Du nimmst das nicht wirklich ernst, oder?" Torben wirkt leicht verunsichert. „Aber die Bilder, die ich an den ersten Tagen online gestellt habe, wurden alle sofort verkauft."

„Ach, du meinst deinen Blog …?! – Glückwunsch."

In diesem Augenblick kommt Amanda Schiller herein, unterm Arm eine Paketrolle. Sie verzieht keine Miene, als ihr Blick auf die bereits ausgepackten Bilder von Mathilde fällt. Torben mustert meine neue Mitarbeiterin skeptisch.

„Alles Schauspielerinnen", konstatiert er vollmundig.

„Unverkennbar", antwortet Amanda Schiller wenig beeindruckt, dreht sich zu mir um und fügt hinzu: „Ich habe die Alice-Plakate aus der Druckerei geholt. Sind recht schön geworden."

„Alice-Plakate?" Torbens Neugier ist wieder geweckt.

„Haben wir um diese Zeit nicht geschlossen?", fragt mich Amanda Schiller, ohne auf Torben zu reagieren.

„Ist diese Dame von Relevanz?", stichelt Torben zurück.

„Frau Schiller ist meine neue Mitarbeiterin. Ja, wir haben geschlossen, und die Plakate beziehen sich auf *Alice im Wunderland.* Eine unserer nächsten Veranstaltungen." Ich hole tief Luft und hoffe, dass sich die Situation nun etwas entspannt.

Doch das Gegenteil ist der Fall. Nach einem Moment Stille beginnt Torben einen Vortrag über den zweifelhaften Ruf des Autors von *Alice* zu halten. Lewis Carroll, das wisse man doch, sei pädophil gewesen. Tausende von Fotos habe er von jungen Mädchen gemacht, und auf den meisten davon waren diese Mädchen unbekleidet. Es sei darüber hinaus auch bekannt, dass Pädophile ein besonderes Einfühlungsvermögen für Kinder und deren Fantasie besäßen.

„Torben", versuche ich ihn zu beschwichtigen. „Das sind doch alles nur Spekulationen."

Doch er lässt nicht locker. Lewis Carroll sei ja durchaus kein Einzelfall. Da gäbe es ja auch noch den Autor von *Peter Pan*. In Londoner Parks habe dieser Mann den Kontakt zu kleinen Jungen gesucht und mit ihnen Freundschaft geschlossen. Seine Geschichten habe er benutzt, um sie anzulocken.

„Wer Kinder liebt, ist nicht zwangsläufig pädophil", sage ich.

„Und Michael Jackson?", setzt Torben noch einen drauf.

Amanda Schiller geht auf Torben zu und legt ihm ihre rechte Hand auf die Schulter.

„Junger Mann", beginnt sie in einem überraschend ruhigen, fast mütterlichen Tonfall, „diese drei von Ihnen erwähnten Herren sind allesamt an den Widersprüchen zwischen Traum und Wirklichkeit gescheitert. Machen Sie nicht den gleichen Fehler, halten Sie die Klappe – und machen Sie sich vom Acker. Wir haben zu arbeiten."

Torben schaut sie einen Moment lang verdutzt an, verzieht dann sein Gesicht, dreht sich um und verschwindet.

Am Sonntag darauf eröffnen wir die Ausstellung von Mathilde von Kant. Rund fünfzig Gäste sind im Haus, einiges an Stammpublikum, aber auch viele neue Gesichter.

„Das ist zweifellos aus *Martha*", höre ich einen älteren Herrn zu seiner weiblichen Begleitung sagen, während er auf eines der Bilder zeigt. „Das war der Film, in dem Michael Ballhaus das erste Mal seine berühmte 360-Grad-Kamerafahrt verwendet hat."

Es fällt mir auf, dass weitaus mehr über Kino geredet wird als über die Bilder, die hier hängen. Offensichtlich sind die Cineasten in der Überzahl. Nicht überraschend, denke ich, wenn man sich in seiner Kunst mit Filmstars beschäftigt.

Mathilde war am frühen Morgen eingetroffen. Sie fragte gleich nach Simon und schien etwas enttäuscht, als sie erfuhr, dass er es vorgezogen hatte, in seinem Atelier zu arbeiten, anstatt die Freundin aus Lissabon zu begrüßen. So begutachtete sie nur kurz die Hängung und verabschiedete sich gleich darauf Richtung Hotel.

Jetzt entdecke ich Mathilde vor ihrem Triptychon mit Porträts von Björk in *Dancer in the Dark*. Sie wird von drei jungen Teenagern umringt, die mit immer neuen Fragen auf sie einstürmen. Mathilde versucht freundlich zu bleiben, doch ihre Augen wandern unruhig durch den Raum. Sicher wieder auf der Suche nach Simon. Auch ich kann ihn nicht entdecken. Wahrscheinlich ist er in die Küche geflüchtet.

„Sind Sie der Leiter des Hauses?", fragt mich plötzlich ein kleiner, leicht korpulenter Herr, der neben mir steht.

„Ja, mir gehört das *Kulturwerk*", antworte ich.

Der Mann trägt einen etwas abgewetzten, ursprünglich sicher nicht billigen Anzug und hat sich einen bunten Schal um den Hals geworfen, den er wohl für eine künstlerische Note hält. Es wirkt aber eher unbeholfen.

„Wissen Sie, ich lebe für die Kultur", sagt er. „Patt ist übrigens mein Name. Hubertus Patt. Kultur ist so wichtig in unserer Gesellschaft, und ich finde das richtig gut, was Sie hier auf die Beine stellen."

Nun entdecke ich Simon am anderen Ende des Saals und überlege, wie ich den Herrn neben mir loswerden kann. Inzwischen hat auch Mathilde Simon erspäht und eilt bereits auf ihn zu.

„Ich bin erst vor kurzem hierher gezogen, müssen Sie wissen." Der Mann lässt nicht locker. „Was würden Sie davon halten, wenn ich bei Ihnen mit einsteige? Finanziell bin ich bestens ausgestattet. Ich habe auch viele gute Ideen, und Unterstützung kann man doch immer gebrauchen."

„Das ist sehr freundlich von Ihnen", antworte ich. „Aber wir sind komplett. Da gibt es wirklich keinen Bedarf."

„Ich gebe Ihnen trotzdem mal meine Telefonnummer. Man kann ja nie wissen." Er streckt mir seine Visitenkarte entgegen, die ich dankend annehme und in die Tasche stecke, ohne einen Blick darauf zu werfen. Dann wende ich mich ab und gehe hinüber zu meinem Mann, den Mathilde mittlerweile in ein Gespräch verwickelt hat.

„Denkst du, dass du dem Sujet noch etwas Neues abgewinnen kannst?", höre ich Mathilde sagen, als ich näherkomme.

„Ihr redet über die Seestücke?", frage ich und stelle mich dazu.

„Ich halte das für keine gute Idee", verrät Mathilde. „Gerade habe ich Simon von einer spannenden Ausstellung in Rotterdam erzählt. Die sollte er sich unbedingt ansehen. Da bekommt er neue Inspirationen." Und mit Blick auf Simon fügt sie hinzu. „Wir können das auch gern zusammen machen. Nur du und ich."

Simon zögert. Er fühlt sich offensichtlich unbehaglich.

Plötzlich steht Torben neben uns.

„Du bist Mathilde, oder?", beginnt er.

Mathilde nickt, starrt aber immer noch auf Simon.

„Wer ist diese Frau da?" Torben zeigt auf das Bild, das ihm bei der Anlieferung der Werke schon aufgefallen war.

„Jokaste", antwortet Mathilde.

„Also doch nicht Sylvia", freut er sich.

„Sylvia?" Mathilde stutzt.

„Silvana", korrigiere ich geduldig.

„Ja", reagiert Mathilde. „Silvana Mangano."

„Ja, was denn nun?" Torben wirkt verärgert.

Mathilde muss lachen, was Torben in diesem Moment gar nicht gefällt.

„Simon, dir sagt die Frau doch etwas, oder?" Mathilde legt ihren Arm vertraulich um seine Hüfte.

„Ich kann mir leider keine Namen merken", antwortet er.

„Und du willst mit Mathilde nach Rotterdam fahren", fragt Torben.

„Ich will nicht nach Rotterdam fahren", reagiert Simon trocken, wendet sich ab und verschwindet wieder in der Küche.

Ich blicke auf Mathilde, die von der Reaktion Simons offensichtlich kalt erwischt wurde.

„Dann musst du wohl ganz allein nach Rotterdam", stichelt Torben und grinst.

Kurze Zeit darauf verlässt Mathilde das Haus, ohne sich zu verabschieden.

Zwei Tage später fahre ich mit Simon nach Hamburg. Er hat kürzlich das Angebot bekommen, dort in einer neuen Galerie einige seiner frühen Arbeiten zu präsentieren. Da wir die Galerie nicht kennen, wollen wir den Räumen einen Besuch abstatten. Eine willkommene Gelegenheit, endlich mal wieder gemeinsam ein wenig Zeit in unserer alten Heimatstadt zu verbringen. Mathilde von Kant haben wir übrigens nicht mehr gesehen. Wie uns das Hotel mitteilte, ist sie am Tag nach der Vernissage abgereist.

„Ich verstehe ihre Reaktion nicht", hat Simon daraufhin nur gesagt. „Sie wusste doch, dass wir liiert sind." Damit war die Angelegenheit für ihn erledigt.

Wir fahren in das Parkhaus der Kunsthalle und schlendern dann Richtung Rathausmarkt, wo sich in einer kleinen Seitenstraße die Räume der Galerie befinden sollen. Eine ganze Zeit lang laufen wir schweigend nebeneinanderher, und im Gedanken bin ich noch bei Mathilde. Wie oft ist es im Lauf der Zeit passiert, dass sich Freundinnen von uns in Simon verliebt haben. Stets hat er es still ertragen, meistens so getan, als habe er es gar nicht bemerkt. Ich erinnere mich insbesondere an einen seiner Geburtstage. Wir lebten noch in Hamburg und hatten in unserer Wohnung am Abend ausnahmsweise eine Party organisiert. Simon hasste es eigentlich, seine Geburtstage zu feiern, aber in jenem Jahr war er bereit, eine Ausnahme zu machen. Irgendwann zu später Stunde saß ich etwas abseits in einer Ecke des Wohnzimmers und blickte – schon etwas müde – zu Simon hinüber, der wie paralysiert auf dem Sofa hockte. Um ihn herum vier unserer besten Freundinnen. Sie glotzten wie verliebte Teenager, redeten alle gleichzeitig auf ihn ein und schienen im nächsten Moment über ihn herfallen zu wollen. Die Frage war nur, welche von ihnen die Erste sein würde. Wie absurd!

Inzwischen haben wir die enge Seitenstraße erreicht und entdecken vor uns die eher unscheinbare Galerie. Es gibt ein Schaufenster, in dem einige kleinere Radierungen von einem uns unbekannten Künstler hängen.

Wir gehen hinein und eine elegant gestylte Frau kommt lächelnd auf uns zu.

„Kann ich Ihnen helfen?", fragt sie. „Sie möchten sich sicher ein wenig umschauen?!"

Simon und ich blicken uns an. Offensichtlich erkennt die Frau ihn nicht, und Simons Gesicht verrät mir, dass er einen Moment lang überlegt, ob er ihr gesteht, dass er der Künstler ist, der hier demnächst ausstellen soll.

„Genau, wir würden uns gern die Bilder ansehen", antwortet er dann.

„Aber ja", strahlt die Galeristin. „Im Augenblick zeigen wir Arbeiten von Janislaw Weski."

Simon nickt, wir stehlen uns an ihr vorbei, und sie setzt sich wieder an ihren Schreibtisch.

Bei den Bildern von diesem Janislaw handelt es sich hauptsächlich um Radierungen. Figürliche Arbeiten, eher unspektakulär und mir ein wenig zu dekorativ.

Simon lässt nicht erkennen, ob ihm die Arbeiten gefallen. Wir schleichen still durch die beiden Räume, hören dann und wann im Hintergrund die Stimme der Galeristin, die telefoniert. Knapp fünfzehn Minuten später verlassen wir die Galerie und stehen wieder auf der Straße.

„Du wolltest ihr nicht sagen, wer du bist?"

„Nein", antwortet er nur. „Lass uns etwas essen gehen."

„Ich bin mir gar nicht mehr sicher, ob ich da überhaupt ausstellen will."

Simon klopft mit den Fingern nervös auf der Tischplatte. Wir sitzen in den Alsterarkaden in einem unserer Lieblingsrestaurants und warten auf das bestellte Fisch-Curry.

„Wieso nicht?"

Er zuckt nur mit den Schultern. Einen Augenblick ist es still zwischen uns. Bloß das Scheppern des Geschirrs aus der Küche ist zu hören.

„Weißt du noch, damals. Deine allererste Ausstellung …?" Ich sehe Simon erwartungsvoll an.

„Klar." Er lächelt ein wenig. „Kurz davor hatten wir uns doch gerade kennengelernt."

Ja, stimmt, denke ich. Das war in einer Bar auf dem Kiez, gegen Mitternacht. Ich saß an einem Ende des Tresens, Simon am anderen Ende schräg gegenüber. Er war wie ich allein, und er ist mir sofort aufgefallen. Ein hübscher Mann. Ich musste immer wieder zu ihm hinübersehen. Auf einmal bemerkte er mich auch und sah mich ebenfalls an. Immer wieder trafen sich unsere Blicke. Dann war ich kurz abgelenkt, und als ich gleich darauf wieder zu ihm hinüberschaute, war er verschwunden.

Schade, hörte ich mich seufzen. Doch dann tippte mir von hinten jemand auf die Schulter. Ich drehte mich erschrocken um und blickte in das strahlende Lächeln von Simon. Wir haben lange miteinander getanzt und kein Wort gesprochen. Das kam erst später.

„Ich denke gern an diese erste Nacht zurück", gesteht Simon.

„Wir haben kaum miteinander geredet. Ich bin mit zu dir gegangen, wir haben den Rest der Nacht in deinem Bett verbracht und am nächsten Morgen zusammen gefrühstückt. Aber die ganze Zeit haben wir uns nur verliebt angelächelt."

„Es gab nichts zu reden", sagt Simon. „Irgendwie war doch alles klar."

„Deine Ausstellung damals war jedenfalls sehr schön. Ich war richtig stolz auf dich. Mein neuer Freund war ein echter Künstler."

„Quatsch", erwidert Simon. „Die Ausstellung war peinlich. Es war ja nicht mal eine richtige Galerie. Eigentlich haben sie nur Bilderrahmen verkauft."

„Ich fand's gut."

Unser Fisch-Curry kommt auf den Tisch, und so wird nun erst einmal gespeist und geschwiegen.

„Du solltest die Ausstellung in dieser Galerie auf jeden Fall machen", sage ich irgendwann zu ihm.

„Damit du wieder stolz auf mich sein kannst?", fragt Simon.

„Ich bin auch so stolz auf dich."

„Musst du nicht."

„Bin ich aber."

„Das Gymnasium bei uns draußen hat mich gefragt, ob ich nicht Lust hätte, einen Teil des Kunstunterrichts zu übernehmen." Simon sieht mich nicht an, während er das sagt.

„Was?"

„Das Gymnasium …"

„Ich hab's verstanden", unterbreche ich ihn.

„Na, dann …"

5

Ein Blick zur Uhr: zwei Stunden Zeit bis zum Beginn der Vorstellung.

„Hast du wirklich keine Lust vorbeizukommen?"

Ich telefoniere mit Simon. Spontan versuche ich, ihn doch noch ins Kulturhaus zu locken.

„Ich bin zu müde", sagt er. „Ihr schafft das sicher auch ohne mich."

„Okay, bis später. Falls du dann noch wach bist."

Amanda Schiller, die heute Abend am Empfang sitzt, dreht sich kurz zu mir um, widmet sich dann aber wieder ihrer Arbeit am PC.

Ich gehe zum Fenster und schaue hinaus auf die Straße. Die Stadt scheint wie leergefegt. Mir kommt ein Bild in den Sinn, das mir ein Berliner Künstler mal gezeigt hatte, als ich ihn fragte, ob er daran interessiert wäre, bei uns auszustellen. Erstaunlicherweise kannte er unsere kleine Stadt. Er sei im Urlaub mal ein paar Tage hier gewesen, erklärte er mir. Damals habe ihn überrascht, dass der Ort so menschenleer gewesen sei, und er entschloss sich daraufhin, ein Bild davon zu malen. Exakt die Straße, in der sich heute das *Kulturwerk* befindet. Kein Mensch ist auf diesem Bild zu sehen. Ausschließlich Tunbleweeds, diese runden, vertrockneten Strohbüschel, die man aus Westernfilmen kennt, treiben träge an den Häuserwänden entlang.

„Wann wollten die Künstler denn hier sein?", höre ich Amanda Schiller fragen.

„Keine Ahnung", antworte ich.

Wir warten auf die jungen Hamburger Studenten, die heute Abend mit ihrem Alice-Projekt bei uns auftreten sollen. Ich befürchte, dass etwas schieflaufen könnte. Diese Noemi ist mir einfach zu chaotisch gewesen – und den Rest der Truppe habe ich bis zuletzt nicht kennengelernt.

Plötzlich fährt ein alter, rostroter Bulli vor. Die Reifen quietschen beim abrupten Bremsen und aus dem Innern des Wagens dringen laute Musik und Gelächter. Das sollten sie sein, denke ich. Einen Moment später werden nach beiden Seiten die Türen aufgestoßen und Jungen und Mädchen, kaum älter als zwanzig, springen fröhlich heraus. Die Türen des Bullis fliegen hinter ihnen mit einem lauten Knall wieder zu, im nächsten Augenblick stürmt die gut gelaunte Meute unser Haus. Vier weibliche und drei männliche Wesen in T-Shirts und Jeans stehen da und blicken uns erwartungsfroh an. Einer der jungen Männer macht einen Schritt auf mich zu und reicht mir lächelnd die Hand.

„Hallo, ich bin Ferdinand."

„Habe ich mir schon gedacht", sage ich. „Noemi hatte mir ein Urlaubsfoto von dir geschickt."

„Stimmt. Malediven."

„Du bist der Schauspieler, richtig?"

Ferdinand nickt. Er ist groß, größer als ich und ziemlich dünn. Dann kommen auch die anderen etwas näher und stellen sich vor. Katharina und Nancy, Boris und Max, Cora, die Jazztrompete – und Noemi natürlich, die ich ja schon kennengelernt hatte. Während alle nacheinander mir und meiner Mitarbeiterin die Hand reichen, machen sie im Wechsel kleine alberne Bemerkungen, kichern und glucksen und finden diese formelle, etwas steif wirkende Begrüßung scheinbar ziemlich lustig. Schließlich aber beruhigen sie sich etwas.

„Können wir schon in den Saal und proben?", fragt Ferdinand. „Und wäre es möglich, dass wir alle ein Gläschen Sekt bekommen?", fügt er mit einem leicht verlegenen Lächeln hinzu.

„Dürft ihr denn schon Alkohol trinken?", stichelt Amanda Schiller.

„Meine Mitarbeiterin macht nur Spaß. Natürlich bekommt ihr euren Sekt." Ich zeige ihnen den Weg, und sie verschwinden allesamt mit lautem Gelächter hinter den Türen Richtung Saal.

Ich will in die Küche gehen, um nach dem Sekt zu schauen, doch dann sehe ich Amanda Schillers grimmigen Blick und bleibe stehen.

„Irgendetwas nicht in Ordnung?", frage ich.

„Was ist das für ein alberner, ungehobelter Haufen!", faucht sie.

„Frau Schiller, das sind junge Leute", versuche ich sie zu beruhigen.

„Junge Leute? Solche unreifen Kinder kämen mir nicht ins Haus. Und schon gar nicht, wenn ich dafür bezahlen müsste."

„Das müssen Sie ja auch nicht", entgegne ich und versuche, freundlich zu bleiben.

„Dem Himmel sei Dank", blafft sie. „Noch keine einzige Karte verkauft und läppische vier Reservierungen. Das wird sicher ein großer Erfolg."

„Es reicht, Frau Schiller." Ich merke, dass ich keine Lust verspüre, weiter auf den Missmut meiner Mitarbeiterin einzugehen und flüchte zu der weitaus fröhlicheren Truppe in den Saal.

„Da müsste man ja komplett bescheuert sein", höre ich eines der Mädchen sagen, als ich hereinkomme.

„Aber irgendwie scheint es ja zu funktionieren", kontert Noemi.

Als sie mich bemerken, drehen sie sich alle zu mir um.

„Gibt es Probleme?", frage ich.

„Nein", antwortet Noemi. „Wir haben uns nur gerade überlegt, dass man schon ziemlich verrückt sein muss, als Privatmensch ein Haus wie dieses zu schmeißen."

„Mit Kultur verdient man doch kein Geld", meint Ferdinand. „Oder haben Sie ein paar Millionen geerbt?"

„Mit den laufenden Kosten klarzukommen, ist gar nicht so das Problem", sage ich. „Ich habe ja nicht nur die Eintrittsgelder, sondern bekomme auch Provision aus dem Verkauf von Kunstwerken. Aber man braucht natürlich Startkapital."

Ich erzähle ihnen von Hannah, meiner stillen Teilhaberin, davon, dass sie eine gut laufende Werbeagentur in Hamburg besaß, die sie für dieses Projekt zu Geld gemacht hat. Und dass ich in der Tat ein wenig geerbt habe. Allerdings keine Millionen.

„Und da ist Ihnen nichts Besseres eingefallen, als hier in der Provinz ein Kulturhaus zu eröffnen?", fragt Max.

„Nein", antworte ich nur.

„Gut für die Kultur", erklärt Noemi.

„Gut für uns", echot Ferdinand.

„Okay, lass uns das Thema wechseln", sagt Noemi. „Wir sollten uns lieber auf den heutigen Abend konzentrieren."

Während Cora zu ihrer Trompete greift und anfängt zu spielen, muss ich kurz daran denken, dass ich doch froh sein kann, dass es Hannah gibt. Und dass sie immer noch an dieses Projekt glaubt. Obwohl sie inzwischen so weit weg ist. Max beginnt zur Trompete zu singen: „You can hang me in a bottle like a cat …", und dann setzt Noemi am Klavier ein. Es klingt ziemlich schräg, aber interessant. Hannah würde das sicher gefallen. In jedem Fall könnte es ein spannender Abend werden.

Eine halbe Stunde bis zum Beginn der Vorstellung.

„Noch niemand da?", frage ich Amanda Schiller, als ich wieder vorn am Eingang stehe.

Sie schüttelt den Kopf.

„Nein, wir beginnen wie geplant mit *In a world of my own*", höre ich plötzlich Noemis Stimme, und in diesem Augenblick platzt die ganze Truppe herein. Die Proben sind offensichtlich beendet.

„Müsst ihr euch nicht noch umziehen?", frage ich.

„Es gibt keine Kostüme", erklärt Ferdinand. „Die Bilder sollen in den Köpfen der Zuschauer entstehen."

„Welche Zuschauer?", stichelt Amanda Schiller.

„Noch keiner da?", wundert sich nun auch Nancy.

Betretenes Schweigen. Ich habe es den Künstlern gegenüber stets als absolut peinlich empfunden, wenn zu Beginn der Veranstaltung bloß ein knappes Dutzend im Zuschauerraum sitzt. So ist das eben in der Provinz, will ich dann am liebsten immer sagen. Manchmal habe ich es auch schon gesagt. Ab und zu kommt einem auch der Gedanke, die Künstler könnten meinen, man sei einfach unfähig, einen solchen Abend zu organisieren. Aber wahrscheinlich geht es ihnen ähnlich, und sie befürchten, man halte sie für wenig geschätzt oder nicht prominent genug oder beides. In jedem Fall ist es für alle Beteiligten peinlich. Ich nehme mir stets wieder vor, in solchen Situationen nicht allzu frustriert zu sein. Aber es gelingt mir einfach nicht.

Ein Blick auf die Uhr. Noch eine Viertelstunde. Die Truppe hat sich wieder in die Garderobe zurückgezogen. Immer noch keiner da.

„Und die Reservierungen?", frage ich Amanda Schiller.

„Abgesagt hat niemand", antwortet sie. „Keiner der vier", fügt sie boshaft hinzu.

„Vielleicht hätten wir das mit dem Plakat doch nochmal überdenken sollen", überlege ich laut.

„Jetzt liegt es an meinem Plakat?", entrüstet sich Amanda Schiller. „Vielleicht hätte man das komplette Gastspiel noch einmal überdenken sollen, als klar war, dass diese Leute es nicht einmal zustande bringen, ein vernünftiges Pressefoto abzuliefern."

Kurz vor 20 Uhr kommt Ferdinand wieder aus der Garderobe zu uns an die Abendkasse.

„Wie sieht's inzwischen aus?", fragt er.

Ich muss gar nicht antworten, denn es ist offensichtlich. Wir haben nicht einen einzigen Besucher im Haus. Nicht einmal die Reservierungen wurden eingelöst. Ferdinand sieht ein wenig traurig aus. Ich entschuldige mich bei ihm, versichere, dass so etwas noch nie passiert sei. Was tatsächlich stimmt, aber nicht nur kein Trost ist, sondern die Situation tatsächlich für ihn eher noch frustrierender machen dürfte.

Dass Amanda Schiller ihren Triumph mir gegenüber genießt, anstatt Mitleid mit den Studenten zu haben, macht sie mir nicht unbedingt sympathischer. Natürlich zahle ich den jungen Leute das vereinbarte Honorar, und am liebsten würde ich sie zum Abschied nacheinander in den Arm nehmen und fest drücken. Eine halbe

Stunde später verlässt der rostrote Bulli unsere kleine Stadt Richtung Hamburg.

Am nächsten Morgen tauche ich mehr als eine Stunde später als üblich im *Kulturwerk* auf. Amanda Schiller sitzt bereits an ihrem Schreibtisch. Wir begrüßen uns kurz. Für den Vormittag habe ich mir vorgenommen, alle Presseunterlagen für die im kommenden Monat bereits geplanten Veranstaltungen zusammenzustellen. Einen Klavierabend mit den *Goldberg-Variationen*, einen Theaterabend nach einem Text von Kafka ...

Das Telefon klingelt.

„Hallo?" Am anderen Ende bleibt es still.

„Hallo? Wer spricht denn da?" Immer noch nichts. Ich lege wieder auf.

„Darf ich kurz stören?" Amanda Schiller packt mir eine Mail auf den Tisch. „Der Agent von Tillmann Schopf hat dem Gastspiel bei uns für den nächsten Freitag zugestimmt."

Ich sehe gedankenverloren zu ihr hoch.

„Der Kabarettist mit der eigenen TV-Show", fügt sie hinzu. „Hatten wir doch drüber gesprochen."

„Ich weiß, wer Tillmann Schopf ist", sage ich. „Mir war nur nicht klar, dass wir schon etwas konkret vereinbart hatten."

„Sie waren doch interessiert an dem Gastspiel, oder nicht?"

„Ja, aber schon nächste Woche? Ist das nicht ein bisschen kurzfristig?"

„Herr Schopf ist komplett ausgebucht. Ein Auftritt in Brandenburg wurde nun überraschend in den Herbst verschoben. Dadurch ist ein Termin frei geworden. Wir haben also Glück."

„Haben wir das?!" Ich werfe einen Blick auf die Mail, die mit einer handschriftlichen Gesprächsnotiz von Amanda Schiller versehen ist. „2000 Euro?", staune ich.

„TV-Star eben", entgegnet Amanda Schiller. „Das spielen wir mit ihm locker wieder ein."

„Schickt der Agent uns einen Vertrag?"

„Er meint, das wäre seinerseits nicht unbedingt nötig, und die Zeit bis zum Auftritt ist ja sehr knapp."

Das Telefon klingelt.

„Können Sie nochmal bei den Leuten von der Mannheimer Theatergruppe anrufen?", bitte ich Amanda Schiller. „Es fehlt immer noch der Bühnenplan zu ihrem Kafka-Projekt. Unser Gastspiel in drei Wochen."

Sie nickt, und ich gehe ans Telefon. Frau Quecke meldet sich und fragt nach dem Programm des kommenden Monats. Ich erkläre ihr, dass wir gerade damit beschäftigt sind, die Informationen zusammenzustellen.

„Haben Sie auch wieder einen Abend mit klassischer Musik dabei?", fragt sie.

„Ja, die *Goldberg-Variationen*."

„Könnten Sie mir eine Karte reservieren?"

Ich überlege kurz, ob ich ihr erzählen soll, dass der Bach mit Musik von einer rumänischen Komponistin ergänzt wird, verzichte dann aber darauf.

„Ist notiert", sage ich nur. „Sie können die Karte am Abend der Veranstaltung abholen."

„Kann beim Klavier eigentlich auch eine Saite reißen?"

In der Mittagspause treffe ich Simon. Er hatte am Vormittag ein Gespräch mit dem Schulleiter des Gymnasiums. Wir setzen uns in das kleine italienische Restaurant, das vor einigen Wochen in Reichweite des

Kulturwerks eröffnet wurde. Simon bestellt einen Salat, ich entscheide mich für *Spaghetti aglio e olio*.

„Wie läuft es eigentlich mit deiner Amanda?", fragt Simon.

„Sie neigt dazu, ihre Grenzen zu überschreiten", antworte ich.

„Dann musst du der Dame mal kräftig auf die Finger hauen. Darin bist du doch eigentlich recht gut."

„Erzähl mir lieber von deinem Gespräch mit dem Schulleiter", sage ich.

Bevor er auch nur einen Satz gesagt hat, ist mir klar, dass er den Job angenommen hat. Dieses Leuchten in seinen Augen kenne ich nur zu gut. Und dann beginnt er zu erzählen. Er wird den Kunstunterricht in den fünften und sechsten Klassen übernehmen. Durchschnittlich acht Stunden in der Woche. Das ist nicht viel, denke ich. Aber er wird sicher eine Menge Vorbereitungszeit dafür benötigen, sollte also kaum noch über genügend Freiraum für seine Malerei verfügen.

„Weißt du, seitdem wir hier aufs Land gezogen sind, fühle ich mich so nutzlos", gesteht mir Simon und stochert etwas verlegen in seinem Salat. „Du hast dein Kulturhaus. Du hast eine sinnvolle Aufgabe."

„Aber …" – Ich will etwas sagen, doch Simon unterbricht mich gleich wieder.

„Ich werde hier eigentlich nicht wirklich gebraucht", fährt er fort. „Ich kann in Ruhe meine Bilder malen, wunderbar! Aber ich kann es ebenso gut auch lassen. Keiner fragt wirklich danach, und ich verdiene kaum Geld."

„Und was ist mit der Galerie in Hamburg, die eine Ausstellung mit dir machen will?", entgegne ich.

„Glaubst du, dass die etwas verkaufen würden?"

„Meine Güte, wenn nicht, ist das auch kein Drama. Sei doch froh, dass meine Arbeit dir diese Freiheiten ermöglicht."

„Ich möchte aber ..." Er überlegt. „Für etwas wichtig sein."

Ich muss lachen. „Simon, du bist *mir* wichtig", sage ich. Aber ich sehe an seinem Blick, dass ihm das nicht genügt.

„Es geht darum, eine sinnvolle Aufgabe zu haben. Mehr zu sein als dein Teddybär."

„Teddybär?" Ich stutze.

„Ja, oder deine Haushälterin", fügt Simon hinzu und grinst.

6

„Die Räume sind hervorragend", lobt Bruno Göbel. „Aber interessiert sich hier überhaupt irgendeine Sau für Kunst?"

„Wenn dem nicht so wäre, würde ich dieses Haus wohl kaum betreiben, oder?"

„Ach, Verrückte wie du laufen überall herum." Er grient.

Bruno Göbel ist ein Künstler aus Fulda, den ich für die nächste Ausstellung vorgesehen habe. Ein Mittfünfziger, stämmig, groß und breitschultrig. Ich hatte ihn bereits vor drei Jahren kennengelernt, und mir gefielen seine abstrakten Werke, die er nicht auf Leinwand, sondern auf Folien malt. Die Strukturen der dahinter liegenden Wand werden dadurch in seine Bilder einbezogen, was ich als sehr eindrucksvoll empfand.

Wie ich nun aber feststellen muss, hat er inzwischen seine Arbeitsweise geändert.

„Die abstrakten Dinger will ich nicht mehr ausstellen", gesteht er mir.

„Das war aber eigentlich die Vereinbarung."

„Meister, drei Jahre sind eine lange Zeit", sagt er und beginnt von einer Serie zu erzählen, die er *Burschen* nennt. Er sähe das als Gegenentwurf zu Jan Vermeer.

„Weißt du, der hat immer nur junge Frauen gemalt. Die wirken auf den Bildern total in sich gekehrt, voller Anmut und ganz bei sich selbst. Da ist so eine geheimnisvolle Aura um sie herum."

Ich stimme ihm zu.

„Die Burschen, die ich jetzt male, die sind ganz anders drauf. Guck dir die in den asozialen Medien an. Posieren, prahlen mit ihren Bizeps, ihrem durchtrainierten Körper und glotzen selbstverliebt in die Kamera. Völlig stumpfsinnig. Nichts als Hülle. Da ist keine Anmut, da ist null Aura. Verstehst du?"

„Hälst du das für ein interessantes Motiv?", frage ich ihn.

„Ich will diese Burschen entlarven. – Pass auf!"

Bruno greift in der Hosentasche nach seinem Handy und zeigt mir ein paar Fotos von diesen Arbeiten.

„Schön, aber irgendwie auch grotesk", sage ich.

„Genau." Er nickt.

Tatsächlich entfalten Brunos Bilder eine gewisse Wirkung, diese Burschen in ihren albernen Posen, diese absurde Selbstverliebtheit, die er in extrem grellen Farben expressiv umgesetzt hat. Aber ich bin mir nicht sicher, ob unser Publikum mit Dutzenden Gemälden gequält muskulöser Jünglinge etwas anzufangen weiß. Wenn sie auch künstlerisch verfremdet sind. Allerdings habe ich kaum eine andere Wahl, als Brunos Vorschlag zu akzeptieren, da ich so schnell keinen Ersatz für ihn finden würde.

„Wir müssen den Termin der Vernissage übrigens um eine Woche verschieben", erkläre ich ihm und erwähne das Projekt der Mannheimer Theatergruppe, die nur an diesem besagten Sonntag Zeit habe.

„Sie spielen *Die Verwandlung*, eine Erzählung von Kafka, die sie für die Bühne adaptiert haben", erläutere ich ihm. „Das ist diese Geschichte von dem Mann, der morgens aufwacht und feststellt, dass er sich in ein Ungeziefer verwandelt hat."

„Und dann spielt er die ganze Zeit im Kakerlaken-Kostüm?", fragt Bruno amüsiert.

„Nein", antworte ich. „In der Inszenierung glaubt er nur, er sei ein Ungeziefer. Er hat sich äußerlich nicht verändert. Der Regisseur interpretiert den Text von Kafka als eine Geschichte über Demenz. Der Mann weiß eben nicht mehr, wer er ist. Es zeigt gewissermaßen wie man durch Alzheimer sein Ich verliert."

„Oh", entfährt es Bruno, der plötzlich ganz ernst wird. „Das ist ein echt starker Ansatz."

Bruno erzählt mir von seinem Mann, der an Alzheimer erkrankt ist, und er schildert mir, wie schwierig es für ihn zu akzeptieren sei, dass sein Partner ihn immer häufiger gar nicht mehr erkenne.

„Das ist in der Tat so eine Art Entfremdung und auch einer der Gründe, warum ich die Serie mit den *Burschen* begonnen habe", gesteht er. „Weißt du, alle wollen möglichst lange jung und attraktiv bleiben. Aber eigentlich sind das doch bloß ihre Hüllen. Zu Menschen werden sie erst, wenn du das kennenlernst, was dahinter steckt. Unter ihrer Hülle. Mein Liebster ist gerade dabei, das alles zu verlieren. Da wird einem dann verdammt nochmal bewusst, dass da nicht mehr viel übrigbleibt. Nur diese Scheißhülle."

Ich will etwas antworten, aber Bruno winkt ab

„Du musst mir jetzt nicht erzählen, dass es dir leid tut oder so'n Quatsch. Es ist wie es ist. Das Leben ist nun mal nicht nett, es ist willkürlich und chaotisch und absolut gnadenlos."

„Ja", sage ich nur.

„Aber das Stück würde ich mir gern ansehen", fügt Bruno hinzu. „Da verschiebe ich auch gern den Termin der Vernissage."

Dann drückt Bruno mir ein Buch in die Hand, in dem seine abstrakten Werke abgebildet sind.

„Wenn du deine Lieblingsbilder schon nicht in der Ausstellung zu sehen bekommst, sollst du wenigstens einen schicken Katalog haben, was?" Er grient wieder und klopft mir kumpelhaft auf die Schulter.

Während ich am nächsten Nachmittag über dem Vertrag sitze, den mir die Mannheimer Theatergruppe zugeschickt hat, taucht Torben wieder einmal unerwartet auf.

„Weißt du, was ich gestern Abend entdeckt habe?", ruft er mir schon an der Eingangstür aufgeregt entgegen.

„Ein bisschen leiser, bitte", entgegne ich. „Nebenan sind ein paar Besucher, die sich die Ausstellung ansehen."

„Wo ist denn deine Amanda?" Nun flüstert er.

„Die hat frei. Sie arbeitet ja nur halbtags."

„Vielleicht weißt du ja auch schon davon." Er kommt ein paar Schritte näher auf mich zu. „Meine jüngere Schwester wohnt doch in Goslar ..."

„Nein, wusste ich nicht. Und?"

„Ich habe gestern Abend mit ihr telefoniert und ..."

„Torben, ich habe wirklich zu arbeiten", unterbreche ich ihn. „Musst du mir ausgerechnet jetzt von deiner Schwester in Goslar erzählen?"

„Nun, wart's doch ab!" Er holt tief Luft und setzt erneut an. „In Goslar feiern die jedes Frühjahr die lange Nacht der Kirchen. Das ist nicht nur für Gläubige, wie man vielleicht denken könnte. Da ist fast die ganze Stadt auf den Beinen ..."

„Torben, komm zur Sache", mahne ich.

„Ich muss es dir auch nicht erzählen."

Gleich gehe ich an die Decke.

„Jedenfalls", setzt er wieder an, „habe ich durch meine Schwester erfahren, dass jemand, den du kennst, bei dieser langen Nacht der Kirchen auftreten wird. Und das ist in zwei Wochen. Rate mal, wer das ist."

Ich blicke ihn nur stumm an.

„Ich sage es dir: Manuel Osterdorff. Der Lover von Hannah."

„In Goslar? In zwei Wochen?"

„Du sagst es. Ist das nun eine Nachricht, oder nicht?"

Wenn Manuel ein Gastspiel in Goslar hat, überlege ich, ist es doch ziemlich wahrscheinlich, dass Hannah auch nach Deutschland kommt. Sie hat mir aber gar nichts davon erzählt. Nun haben wir kaum miteinander telefoniert, doch wenn sie Manuel tatsächlich begleitet, wäre das eine gute Gelegenheit, sich zu sehen. Ich würde dafür sogar nach Goslar fahren.

Ein Blick auf die Uhr: Es ist noch zu früh, um Hannah anzurufen. Ich sollte noch eine Stunde warten. Also widme ich mich erst einmal wieder dem Vertrag.

Alles scheint darin auf dem ersten Blick in Ordnung. Die Gruppe war vor gut einem Jahr schon einmal zu einem Gastspiel bei uns. Zuverlässige und freundliche junge Menschen, die mich mit ihren frischen, unkonventionellen Ideen sofort beeindruckt hatten. Plötzlich aber bleibe ich bei ein paar Anmerkungen hängen, die mich irritieren. Das muss ich klären und greife zum Telefon.

„Konrad hier."

„Hallo, Konrad. Ich lese gerade euern Vertragsentwurf durch und stoße da auf ein paar Dinge …"

„Ja?"

„Ihr berechnet pro Kopf eine Probenpauschale."

„Ja."

„Außerdem eine sogenannte Kfz-Abnutzungspauschale."

„Korrekt."

„Was müsst ihr denn proben? Das Stück habt ihr doch seit Wochen im Spielplan. Und habt ihr schon mal etwas von Kilometergeld gehört?"

„Steht ja auch drin."

„Zusätzlich zur Abnutzungspauschale."

„Das sind unsere Konditionen", sagt Konrad bloß.

„Nein, das ist unverschämt", entgegne ich. „Ihr seid doch vor einem Jahr schon mal bei uns gewesen. War das für euch so dermaßen schrecklich, dass ihr jetzt eine Art Schmerzensgeld berechnen müsst?"

„Es handelt sich um unsere aktuellen Konditionen", trotzt Konrad.

„Die sind aber nicht akzeptabel."

„Wir können das Gastspiel auch abblasen."

„Ja", entgegne ich. „Das machen wir." Und ich beende das Gespräch.

Natürlich ärgere ich mich maßlos über das Verhalten von Konrad. Und ich begreife es nicht. Als er vor einem Jahr mit seiner Truppe bei uns zu Gast war, gab es keine Meinungsverschiedenheiten, und alle schienen am Ende zufrieden zu sein. Wahrscheinlich sind die mittlerweile so erfolgreich, dass sie es nicht mehr unbedingt nötig haben, auf größere Gastspielreise zu gehen.

Das Telefon klingelt. Das wird nochmal Konrad sein, denke ich.

„Hallo?"

Niemand meldet sich. Stille.

„Konrad?"

Keine Reaktion.

„Wer ist denn da?"

Stille.

Amanda Schiller kommt herein, lächelt mir kurz zu, zeigt sich dann aber irritiert über meine eher missmutige Miene.

„Schlecht gelaunt?", fragt sie schnippisch und geht an ihren Schreibtisch.

„Das Kafka-Gastspiel fällt aus."

„Ob die möglicherweise von unserem Fiasko mit *Alice im Wunderland* erfahren haben?"

„Suchen Sie mal kurzfristig nach einem Ersatz", sage ich zu ihr und ignoriere ihre bissige Bemerkung.

„Da muss ich nicht lange überlegen", entgegnet Amanda Schiller. „Ich hatte Ihnen bei unserem ersten Gespräch doch ein Duo vorgeschlagen, das gerade in Norddeutschland auf Tour ist. Violine und Bandoneon. Sie spielen argentinische Tangos und Tango Nuevos von Piazzolla."

„Na, dann versuchen Sie mal Ihr Glück."

Während Amanda Schiller hoch motiviert zu ihrem Telefon greift, fällt mir Hannah wieder ein. Inzwischen sollte sie wach und ansprechbar sein. Auch ich nehme mir also das Telefon – und Hannah meldet sich sofort.

„Ach, du bist es."

„Was gibt es Neues bei dir?", frage ich.

„Nichts Besonderes eigentlich. Und bei dir?", fragt sie zurück.

„Ich habe gehört, du kommst nach Deutschland?"

„Wer sagt denn sowas?"

„Manuel hat doch ein Konzert in Goslar."

„Hast du mit Manuel gesprochen?", fragt Hannah und wirkt plötzlich seltsam erregt.

„Nein", antworte ich. „Aber wolltest du mir das nicht erzählen?"

„Quatsch", kläfft sie. „Ich weiß nichts von Goslar. Ich hab im Augenblick überhaupt keinen Kontakt zu Manuel. Wir haben uns getrennt."

Einen Moment Stille.

Aus den Augenwinkeln sehe ich, dass Amanda ihr Gespräch beendet hat. Sie steht auf, winkt mir kurz zu und verlässt das Haus.

„Hast du gehört? Wir haben uns getrennt."

„Das wusste ich nicht."

„Ich habe auch gerade wenig Zeit. Lass uns später reden, ja?"

„Hannah …"

Ich höre ein Klick, und die Verbindung ist unterbrochen.

Hat sie sich von Manuel getrennt? Oder hat sich Manuel von ihr getrennt? Der Grund, weshalb sie nach New York gehen wollte, ist damit jedenfalls hinfällig. Vielleicht kommt sie nun zurück, überlege ich. Was soll sie noch dort? Aber sie hatte letztes Mal auch etwas von einer Band erzählt. Wie hieß noch der Kerl, dessen Namen sie erwähnt hat? Julian, glaube ich.

Das Telefon klingelt.

Wütend greife ich zum Hörer, nehme das Gespräch an und brülle: „Hören Sie endlich auf, mich mit anonymen Anrufen zu belästigen!"

„Hallo?", meldet sich eine männliche Stimme. „Ich hatte eben mit Amanda gesprochen. Es geht um den Tango-Abend."

„Ach, entschuldigen Sie. Ja, ich weiß davon. Frau Schiller ist aber gerade nicht da."

„Ich habe nur noch eine Frage."

„Sie können auch mit mir sprechen."

„Wir sind vor dem von Ihnen gewünschten Termin relativ weit südlich unterwegs. Wäre es daher möglich, dass wir zusätzlich zu dem vereinbarten Honorar von 400 Euro noch 100 Euro Zuschuss zu den Fahrtkosten bekommen könnten?"

„Ja, das geht in Ordnung."

Der Mann bedankt sich.

Ich will gerade eine Notiz für Amanda Schiller schreiben, da kommt sie wieder zur Tür herein.

„Wo waren Sie denn?", frage ich.

„Ich hatte mein Portemonnaie zu Hause liegen lassen. Das habe ich schnell geholt", entgegnet sie. „Das Tango-Duo hat übrigens zugesagt. Sie haben allerdings 1000 Euro gefordert. Ich konnte sie jedoch auf 800 herunterhandeln."

„800?" Ich staune.

„Ist doch in Ordnung, oder?"

„Sicher, aber die haben eben gerade nochmal angerufen und gefragt, ob sie zusätzlich zu den vereinbarten 400 Euro noch 100 Euro Fahrtkostenzuschuss bekommen könnten."

Nun staunt Amanda Schiller.

„Ach", erwidert sie und fasst sich mit der Hand auf die Stirn. „Dann habe ich das wohl missverstanden. Ich dachte 400 Euro pro Person."

7

Als ich Simons Atelier betrete, bearbeitet er gerade einen großen Bogen blaues Papier mit einer Schere.

„Schnippelst du jetzt deine Seestücke?", frage ich.

„Die Schüler sollen lernen, dass man nicht nur mit Stiften und Pinseln malen kann", antwortet er.

„Sondern?"

„Sie bekommen jeweils ein großes Blatt Papier, das sie blau ausmalen sollen. Danach müssen sie daraus abstrakte Formen ausschneiden, die von ihnen so lange hin- und hergeschoben werden können, bis eine schöne Komposition daraus entsteht."

„Klingt nach Matisse."

„Ja, du Schlauberger."

Anfangs hielt ich es für keine besonders gute Idee von Simon, den Kunstunterricht am Gymnasium zu übernehmen. Natürlich vernachlässigt er nun wie erwartet seine eigene künstlerische Arbeit. Er ist total auf die Vorbereitung des Unterrichts fokussiert. Doch mir fällt auf, dass ihm diese neue Aufgabe unglaublich gut tut. Er ist viel ausgeglichener und wirkt zufriedener als zuvor.

„Du kommst klar mit den Schülern, oder?"

Simon nickt, ohne sich von seiner Arbeit ablenken zu lassen.

„Sind sie denn einigermaßen diszipliniert?", frage ich nach. „Oder bist du eher der Dompteur im Raubtierkäfig?"

„Einer der Jungs hat mich im Unterricht gefragt, ob es stimmt, dass ich schwul bin." Simon schaut mich kurz an und grinst.

„Damit musstest du wohl rechnen. – Wie hast du reagiert?"

„Ich habe ihm gesagt, dass das stimmt. Dass das aber nichts Besonderes sei. Ein Mädchen meinte dann, ihre Eltern hätten gesagt, das sei nicht normal. Ich habe den Kindern daraufhin anhand von verschiedenen Beispielen zu erklären versucht, dass es dieses sogenannte Normal überhaupt nicht gibt. Ein Mädchen treibt gern Sport, habe ich gesagt, ein anderer Junge hasst es. Ein Junge kann gut rechnen, ein anderes Mädchen kann besser zeichnen. Ein Mädchen mag gern Jungs, ein anderes Mädchen viel lieber Mädchen. Was ist nun normal?"

„Wer ist hier der Schlauberger?", frage ich mit einem Augenzwinkern.

Simon reagiert mit einem Lächeln und widmet sich wieder seinem blauen Papier.

„Im Ernst", entgegne ich. „Kannst du dir vorstellen, dass Eltern da Probleme machen werden?"

„Kann ich mir nicht vorstellen."

Ich betrachte die verschiedenen blauen Formen, die er bereits ausgeschnitten und auf die Arbeitsplatte gelegt hat. Etwas versonnen schiebe ich sie mit den Fingern hin und her.

„Was wolltest du denn eigentlich von mir?", fragt Simon.

Kurz überlege ich, ob ich ihm erzähle, dass ich im *Kulturwerk* öfter anonyme Anrufe bekomme. Das Telefon klingelt, ich nehme ab, melde mich und am anderen Ende bleibt es still. Anfangs hielt ich es für einen dummen Streich, doch die Anrufe häufen sich. Aber ich denke, ich werde Simon erst einmal nichts davon sagen.

„Ich wollte mich nur vergewissern, dass es dir gut geht."

„Und wohin geht es jetzt …?"

Verdutzt sehe ich ihn an, Simon aber hat sein blaues Papier fest im Blick.

„Okay, ich habe schon verstanden", sage ich dann und klinge ein wenig beleidigt, denn ich hatte gehofft, ich könnte etwas Zeit mit ihm verbringen.

„Du hast doch noch ein Konzert heute Abend", meint Simon. „Musst du nicht den Pianisten vom Bahnhof abholen?"

„Ja, aber erst in zwei Stunden."

„Und jetzt langweilst du dich?"

„Ich bin schon weg. Dir noch viel Spaß bei der Arbeit."

„Ja, dir auch."

Amanda Schiller ist nicht da, als ich ins Kulturhaus komme. Sie wird schon nach Hamburg gefahren sein. Ich hatte sie gebeten, sich dort am Abend das Programm einer Kabarettistin anzuschauen, die vielleicht auch für ein Gastspiel bei uns in Frage käme.

Im digitalen Postfach entdecke ich eine Mail von Frau Quecke. Sie schreibt mir, dass sie bei den Recherchen zu unserem heutigen Abend mit den *Goldberg-Variationen* herausgefunden habe, dass Bach diese Musik komponierte, damit ein russischer Graf namens Keyserlingk zukünftig besser einschlafen könne. Amüsiert stellt sie in ihrer Mail die Frage, ob die Musik tatsächlich so einschläfernd sei. Ich antworte ihr, dass die Komposition von Bach nicht zum Einschlafen gedacht gewesen sei, sondern zum Aufmuntern des Herrn, der keinen Schlaf finden konnte.

Das Telefon klingelt. Schon wieder ein anonymer Anruf?

„Bruno hier."

„Ach, du bist es."

„Ihr habt den Kafka-Abend von eurer Website genommen. Ist der ausverkauft?", fragt er. „Dann hast du hoffentlich daran gedacht, mir eine Karte zu reservieren?!"

„Ich musste die Veranstaltung absagen", entgegne ich ihm. „Die Leute von der Theatergruppe sind größenwahnsinnig geworden, was die finanziellen Konditionen betrifft."

„Oh, das ist schade." Bruno klingt enttäuscht, was ich natürlich verstehen kann. Er schlägt vor, dass wir die Vernissage dann wieder auf den ursprünglich geplanten Termin legen.

„Nein, bleibt alles wie besprochen", antworte ich. „Wir haben einen Ersatz für die Veranstaltung gefunden. Tangos mit Violine und Bandoneon."

Nicht seine Musik, meint er.

Es ist immer noch eine gute Stunde Zeit, bevor ich Anton Fratzer, den Pianisten, vom Bahnhof abholen kann … Ich hasse es, herumzusitzen und auf einen bevorstehenden Termin zu warten … – Kurz schaue ich nach, wie viele Karten wir für den Abend verkauft haben. 45, das ist nicht schlecht. Die *Goldberg-Variationen* sind eben relativ bekannt … – Mein Blick geht durch den Raum. Die Ausstellung mit den Bildern von Mathilde geht langsam zu Ende. Das Interesse daran ist relativ groß. Die Besucher freuen sich vor allem, die Filmstars in den

Bildern wiederzuerkennen … – Beide Arbeiten, auf denen Margit Carstensen als *Martha* aus dem Fassbinder-Film zu sehen ist, wurden verkauft. Der Herr, der bereits bei der Vernissage diese Gemälde bewundert hatte, kehrte zwei Wochen später zurück. Er erzählte mir, dass er den Kameramann einmal kennengelernt habe … – Ich könnte nebenan noch einen Kaffee trinken gehen, überlege ich … – Eines der drei Bilder mit Björk aus dem Film *Dancer in the Dark* hätte ich wohl auch verkaufen können. Da es aber Teil eines Triptychons ist, war ich mir nicht sicher, ob Mathilde damit einverstanden wäre. Ich habe dann versucht, sie telefonisch zu erreichen. Vergeblich allerdings. Der junge Mann, der Interesse gezeigt hatte, meldete sich danach nicht mehr … – Vielleicht gehe ich wirklich noch einen Kaffee trinken …

Erneut klingelt das Telefon, dieses Mal der Apparat von Amanda Schiller. Als ich zu ihrem Schreibtisch komme, bricht das Klingeln wieder ab. Diese Anrufe nerven, und ich weiß nicht, wie ich mich dagegen wehren soll. Eine kleine Notiz auf dem Schreibtisch meiner Mitarbeiterin fällt mir auf, die aus einem Stapel Unterlagen herauslugt: *Tillmann 500 Euro extra*. Ich stutze. In diesem Augenblick öffnet sich die Eingangstür. Frau Quecke kommt herein, in Begleitung von Anton Fratzer.

„Ihr Pianist hat ein wenig verloren am Bahnhof gestanden. Da habe ich ihn gefragt, ob ich ihn mitnehmen soll", erklärt Frau Quecke.

„Ich habe einen früheren Zug erwischt, der Verspätung hatte", fügt Anton Fratzer hinzu. „Absurderweise hat somit eine Verspätung der Bahn dazu geführt, dass ich früher eingetroffen bin."

„Sie hätten mich doch anrufen können", entgegne ich. „Ich wäre sofort losgefahren."

„Aber es hat doch alles prima geklappt", freut sich Frau Quecke. „Anton hat mir auf der Fahrt so viel über das Projekt erzählt, dass ich Ihnen heute Abend für das Publikum locker eine Einführung machen könnte. Natürlich nur gegen Honorar."

Wir müssen lachen.

„Jedenfalls herzlich willkommen." Ich reiche Anton Fratzer die Hand.

Frau Quecke verabschiedet sich kurz darauf wieder, nicht ohne noch einmal zu bekunden, dass sie sich auf das Konzert freue. Und Anton Fratzer möchte erst einmal ins Hotel und sich ein wenig ausruhen, bevor er sich dann mit dem Flügel vertraut machen will.

Am Abend fragt Frau Quecke sofort nach „Anton" und ist ein wenig enttäuscht, als ich ihr erkläre, dass Herr Fratzer nach der Probe zurück ins Hotel gegangen ist. Sie beschließt, noch ein wenig an die frische Luft zu gehen. Auf der Straße wird sie nach ihm Ausschau halten, vermute ich.

Schon kurze Zeit später taucht Anton Fratzer auf, überquert die Straße vom Hotel zu unserem Haus, spaziert Frau Quecke lächelnd entgegen, spricht kurz mit ihr und kommt dann zu mir herein. Er trägt eine kleine Tasche unterm Arm, die er am Empfang auspackt. Es sind CDs, allerdings nicht mit seiner Aufnahme der *Goldberg-Variationen*, sondern mit eher unbekannten Liedern für Mezzosopran, zu denen er die Klavierbegleitung gespielt hat.

„Sie sind aber sehr optimistisch", sage ich staunend zu ihm, als ich sehe, dass er den gesamten Stapel seiner CDs nach und nach aus der Cellophanhülle reißt.

„Glauben Sie, die werden Sie wirklich alle heute Abend verkaufen?"

Er nickt zuversichtlich.

Eine gute halbe Stunde später beginnt das Konzert. Anton Fratzer erläutert vorab, dass die rumänische Komponistin Violeta Dinescu Intermezzi geschaffen habe, die wie Inseln in den Fluss der Musik von Bach eingefügt seien. Dinescu habe Material aus den *Goldberg-Variationen* verwendet und mit Klängen rumänischer Lieder verknüpft. Außerdem gäbe es Zuspielungen vom Band.

Dann setzt er sich an den Flügel und beginnt. Der Abend zeigt eindrucksvoll, wie aktuell Bach noch heute sein kann und wie klein letztlich der Schritt ist zwischen alter und zeitgenössischer Musik. Das Publikum lauscht gebannt bis zum Schluss. Es gibt keine Pause, am Ende auch keine Zugabe, aber frenetischen Beifall.

Als die Zuschauer nach dem Konzert beglückt zum Ausgang strömen, sehe ich zu meiner Überraschung, dass Anton Fratzer sich vor allen anderen dort aufgestellt hat, in den Händen der Stapel mit seinen CDs. Jeder Gast, der das Haus verlassen möchte, wird von ihm in ein kurzes Gespräch verwickelt. Der Pianist lobt seine CD, redet und redet – und lässt erst locker, wenn der jeweilige Besucher dem Kauf eines Exemplars zugestimmt hat. Am Ende ist kein Tonträger mehr übrig, sogar Frau Quecke hat freudig zugegriffen. Ich bin beeindruckt.

Am darauffolgenden Tag stehe ich mittags in der Küche und koche. Amanda Schiller muss die Aufsicht in der Galerie übernehmen, während ich Spaghetti mit

Thunfisch zubereite. Ich sollte sie einmal fragen, ob sie auch schon einen dieser anonymen Anrufe entgegengenommen hat. Aber womöglich glaubt sie dann, ich leide unter Verfolgungswahn.

Simon müsste gleich aus der Schule kommen. Einmal in der Woche liegen seine Unterrichtsstunden so ungünstig, dass er sich nicht um das Essen kümmern kann. Als er mich anfangs gefragt hatte, ob das ein Problem für mich sei, habe ich großmütig abgewunken. Aber mir ist dann ziemlich schnell klar geworden, dass ich diese Aufgabe nur sehr widerwillig erfülle.

Während ich die Pasta abgieße, höre ich das Öffnen der Haustür. Simon kommt herein.

„Was gibt es?", fragt er und wirkt noch ein wenig gestresst. Seine Aktentasche wirft er auf einen der Stühle am Esstisch.

„Spaghetti mit Thunfisch."

„Schon wieder?", nörgelt Simon. „Hattest du das nicht erst letzte Woche gemacht?"

„Ganz richtig: Es ist schon eine Woche her."

Simon verdreht die Augen.

„Sei froh, dass ich überhaupt koche", gifte ich ihn an. „Ich habe wirklich Besseres zu tun."

„Ja, du bist ein wichtiger Mann", flötet Simon mit ironischem Unterton. „Eine Schande, dass du deine kostbare Zeit einmal die Woche mit solch profanen Dingen wie Kochen verschwenden musst."

„Wenn es wenigstens für deine Kunst wäre."

Ich weiß es, ich bin ungerecht. Simon hat sich nie darüber beschwert, dass er sich um den Haushalt kümmern muss. Da ich im *Kulturwerk* nun eine Mitarbeiterin habe, ist es eigentlich kein Problem, ab und zu den Dienst in der Küche zu übernehmen. Wenn es mir auch nicht so viel Spaß macht wie ihm. Wer aber hat mir versprochen, dass alles im Leben Spaß macht?

„Was ist los?" Simon mustert mich. „Du ärgerst dich doch in Wirklichkeit über etwas ganz anderes, oder?"

Während ich die Spaghetti auf unsere Teller verteile, erzähle ich ihm, dass ich Mathilde telefonisch nicht erreichen kann.

„Was willst du denn so Dringendes von ihr?"

„Ihre Ausstellung geht zu Ende, und wir müssen den Transport besprechen. Heute hat nun eine Galerie aus Alkmaar angerufen und gemeint, ich sollte Mathildes Bilder direkt an deren Adresse schicken. Offensichtlich auf meine Kosten – entgegen unserer ursprünglichen Vereinbarung."

„Warum macht sie das?", fragt Simon erstaunt.

„Weil sie sicher sauer ist – und zwar auf dich", schimpfe ich.

„Was?"

„Du warst nicht besonders höflich zu ihr. Du wusstest, dass sie in dich verknallt ist. Da hättest du ruhig etwas sensibler mit ihr umgehen können."

„Sie wollte einfach nicht kapieren, dass ich kein Interesse an ihr habe. Das hat mich genervt."

„Und ich muss das jetzt ausbaden."

„Hätte ich mit ihr ins Bett gehen sollen, damit du den Transport nicht bezahlen musst?"

Wir setzen uns einander gegenüber an den Tisch und essen unsere Spaghetti. Über Mathilde verlieren wir kein Wort mehr.

Am späten Abend sitze ich allein zu Hause auf dem Sofa, greife nach meinem Glas Rotwein, lehne mich zurück und versuche zu entspannen. Am Nachmittag habe ich den Abtransport der Bilder von Mathilde nach Alkmaar organisiert und die Spedition gebeten, die Kunstwerke auch einzupacken. Das verursacht zwar zusätzliche Kosten, aber darauf kommt es jetzt auch nicht mehr an. Ich habe einfach keine Lust, mich länger mit dieser Ausstellung zu beschäftigen und mich über das kindische Verhalten von Mathilde von Kant zu ärgern.

Amanda Schiller hat von der ganzen Sache offensichtlich nichts mitbekommen. Zumindest hat sie sich nichts anmerken lassen. Gegen Feierabend kam sie zu mir, um stolz zu verkünden, dass das in drei Tagen geplante Gastspiel von Tillmann Schopf nun restlos ausgebucht sei. Sie habe die letzten vier Karten an Touristen aus Süddeutschland verkauft. Eine beruhigende Nachricht, denn ich war schon etwas besorgt, dass wir das von unserem prominenten Kabarettisten geforderte Honorar von 2000 Euro nicht einspielen würden.

Zufrieden gieße ich mir noch einen Rotwein nach, genieße die Stille des Abends und denke an Simon. Er ist in seinem Atelier, und da er morgen keinen Unterricht hat, versuche ich mir vorzustellen, dass er an einem neuen Bild arbeitet.

8

Als ich am Vormittag ins *Kulturwerk* komme, steht der Postbote vor der Tür.

„Da habe ich ja Glück", freut er sich und reicht mir eines der Päckchen, die er in Händen hält.

Ich bedanke mich, und der junge Mann verschwindet wieder.

Während ich die Tür zum *Kulturwerk* aufschließe, schaue ich beiläufig auf den Adressaufkleber, der keinen Absender enthält. An meinem Schreibtisch öffne ich die unerwartete Lieferung und begreife im ersten Moment gar nicht den Inhalt. Noch einmal überprüfe ich den Aufkleber, um sicher zu sein, dass das Päckchen wirklich für uns bestimmt ist. Das ist es. Was mir aus dem Karton entgegenfällt, sind Kondome mit Erdbeergeschmack, zwei Federstäbe, ein Probepack mit Erektionscreme und Tütchen mit sogenanntem Erotik-Fruchtgummi – wie die Aufschrift verrät in den Geschmacksrichtungen Zitrone, Passionsfrucht, Himbeere …

In diesem Augenblick stößt jemand die Eingangstür auf. Es ist Torben, wie so oft in einem ungünstigen Augenblick.

„Einen schönen guten Morgen", flötet er fröhlich, kommt näher und blickt erstaunt auf die Utensilien, die sich gerade auf meinem Schreibtisch ausgebreitet haben.

„Eine neue Geschäftsidee?", fragt er. „Oder ist das privat?"

„Weder noch", antworte ich.

„Kleine Geschenke für treue Kunden?" Torben grinst.

„Ich habe keine Ahnung, warum mir jemand dieses Zeug geschickt hat", rechtfertige ich mich. „Das ist alles mit diesem Päckchen gekommen."

„Muss dir doch nicht peinlich sein", tröstet mich Torben mit einem ironischen Unterton.

„Das ist mir überhaupt nicht peinlich", entgegne ich aufgebracht. „Ich habe wirklich keine Ahnung, was das soll. Ich werde nachher Amanda fragen. Vielleicht weiß sie etwas darüber."

„Ja, vielleicht wollte dir Amanda eine Freude machen."

„Torben, halt einfach die Klappe und verschwinde."

„Darf ich mir denn eines der Kondome mit Erdbeergeschmack nehmen?"

„Raus …!"

Amanda Schiller trifft eine knappe Stunde später ein. Ich habe den Karton mit den erotischen Utensilien auf ihren Schreibtisch gestellt und warte gespannt auf eine Reaktion. Natürlich entdeckt sie das Päckchen sofort, scheint aber kein bisschen irritiert und wirft einen Blick hinein.

„Ach, das ging ja schnell", höre ich sie sagen.

„Wie?" frage ich verdutzt.

Sie will wissen, ob ich hineingeschaut habe.

„Ja, natürlich", antworte ich.

„Sie haben sich wahrscheinlich über den Inhalt gewundert."

„Allerdings."

Und während sie zwei der Kondome mit Erdbeergeschmack in der Hand hält, beginnt Amanda Schiller, von einem musikalischen Theaterabend zu schwärmen.

Zwei Schwestern, so erzählt sie, müssen die Wohnung der gerade verstorbenen Tante auflösen. Dabei stoßen sie auf einen Karton, schauen neugierig hinein und entdecken allerlei kuriosen Krimskrams. Nach und nach nehmen sie die Gegenstände in Augenschein, und ihnen wird natürlich ziemlich schnell klar, dass es sich um Sexspielzeug handelt. Sie überlegen, was man damit wohl anstellen könnte. Dazu trällern sie inhaltlich passende Schlager, Chansons und Couplets.

„Das ist wirklich unglaublich komisch", zieht Amanda Schiller schließlich ihr Resümee.

„Und was hat das mit diesem Päckchen auf sich?", frage ich.

„Der Abend wird von einem Erotikversand gesponsert, und jeder Besucher erhält nach der Veranstaltung von der Firma kostenlos eine kleine Wundertüte überreicht. Ich wollte natürlich wissen, was in dieser Tüte stecken wird. Daraufhin hat man mir nun dieses Päckchen geschickt."

„Warum haben Sie nicht mit mir darüber gesprochen?"

„Muss ich denn bei jedem meiner Atemzüge vorher um Erlaubnis bitten?"

„Wie verklemmt ist das überhaupt, sich über Lovetoys lustig zu machen!"

„Und wie verklemmt ist es, Lovetoys in gewissen Situationen nicht komisch zu finden!", kontert Amanda Schiller.

Ich erkläre ihr, dass ein solcher Abend so gar nicht in das Konzept unseres Hauses passt. Sie wiederum meint, dass man versuchen sollte, auch einmal ein weniger intellektuelles Publikum anzusprechen. Warum müsse das alles immer so elitär sein?

„Sie buchen jedenfalls keine Veranstaltung ohne mein Einverständnis."

„Ich habe nichts gebucht. Ich habe nur angefragt."

„Wie auch immer."

Stille. Dieser Frau gelingt es immer wieder, mich zu provozieren, denke ich, während sie die Utensilien wieder zurück in den Karton packt. Ich werde mit ihr nicht weiter darüber diskutieren, und diese Lovetoys-Geschichte will ich hier im Haus nicht sehen!

Am Abend rede ich mit Simon über meinen erneuten Disput mit Amanda Schiller. Er hat sich, was unser Abendessen betrifft, mächtig ins Zeug gelegt und serviert *Saltimbocca*. Simon meint allerdings, es sei kinderleicht zuzubereiten. Während er uns Weißwein einschenkt, frage ich ihn, ob er mein Programm auch als zu elitär empfände. Er aber weicht einer Antwort aus, widmet sich seinem Kalbsschnitzel und will von mir wissen, welche Art von Publikum ich eigentlich erreichen möchte.

„Weiß ich nicht." Ich überlege und starre gedankenverloren auf meinen Teller. „Kein bestimmtes Publikum. Alle Leute, die sich für das Programm interessieren."

„Du meinst, alle Leute, die deine Interessen teilen." Er schiebt sich ein Stück Fleisch in den Mund.

„Worauf willst du hinaus?" Ich bin verunsichert und stochere auf meinem Teller im Salbei.

„Das ist schon ein bisschen elitär, findest du nicht?"

„Natürlich denke ich darüber nach, was die Leute interessieren könnte", antworte ich und füge nach einer kurzen Pause hinzu: „Jüngere Leute würde ich gern mehr ins Haus holen, aber irgendwie klappt das nicht."

„Da hast du wahrscheinlich nicht das richtige Angebot."

„Zu elitär, ja? – Ich habe wirklich schon die verschiedensten Dinge ausprobiert, aber die interessieren sich anscheinend für nichts."

Simon erwähnt, dass er am Gymnasium mehrmals Schülerinnen und Schüler gefragt habe, warum sie nicht ins *Kulturwerk* gehen. Und sie hätten geantwortet, dass sie nicht bloß dasitzen und konsumieren, sondern lieber selbst etwas machen wollen.

„Was denn selbst machen?", wundere ich mich. Der Schinken, mit dem das Schnitzel bedeckt ist, ist mir etwas zu salzig.

„Sie haben an der Schule zum Beispiel einen Poetry Slam organisiert", sagt Simon.

„Alle wollen immer etwas selbst machen", rege ich mich auf. „Wie oft kommen Leute zu mir und fragen, ob ich nicht eine Ausstellung mit ihren selbstgemalten Bildern machen könnte. Aber glaubst du, dass einer von denen mal gekommen ist, um sich Ausstellungen von anderen Leuten anzusehen? Jeder interessiert sich nur für sein eigenes Zeug."

„Jeder?"

„Na, gut. Nicht jeder. Aber verdammt viele."

Simon schaut auf die Uhr.

„Lass uns ein anderes Mal darüber reden", sagt er dann. „Ich muss gleich noch den Unterricht für Morgen vorbereiten."

„Willst du nicht aufessen?"

„Doch, natürlich. Ich bin ja gleich fertig. Wäre lieb, wenn du dann abräumen würdest."

Kurz darauf verschwindet er in sein Atelier.

Während ich das schmutzige Geschirr in die Spülmaschine räume, kommt mir etwas in den Sinn, was vor zwei Jahren passiert ist. Das war bei der Eröffnung einer Gruppenausstellung, die ich stets zum Jahresende organisiere. In der Regel sind dann auch alle an der Ausstellung beteiligten Künstler anwesend. Sie freuen sich über diese eher seltene Gelegenheit, sich in einer großen Gruppe Gleichgesinnter untereinander auszutauschen, miteinander ins Gespräch zu kommen und die Arbeiten der Kollegen zu begutachten. Aber dann ist da Wolfram, auch einer meiner Künstler. Er kam wie immer in Begleitung seiner Frau, hat wenig mit den anderen geredet, hat die Ausstellung auch nur flüchtig betrachtet und sich dann stolz neben seine eigene Arbeit gestellt. Mit der rechten Hand hat er auf sein Bild gedeutet und seine Frau gebeten, ein Foto von ihm und seinem Werk zu machen. Am nächsten Tag hat er es in den sozialen Medien gepostet. Wolframs Verhalten an jenem Tag hatte etwas geradezu Symbolhaftes für seine unerträgliche Selbstverliebtheit, die mir schon lange auf die Nerven geht.

Mein Programm ist nicht elitär, denke ich, während ich mich mit meinem Glas Weißwein aufs Sofa setze. Vielen Leuten fehlt die Neugier und das Interesse, sich auf etwas einzulassen, das sie nicht kennen.

Als ich am nächsten Tag an meinem Schreibtisch im *Kulturwerk* die Mails sichte, entdecke ich eine Nachricht des Agenten von Tillmann Schopf. Er teilt uns mit, dass Tillmann leider überraschend erkrankt sei und daher den Termin in unserem Haus nun doch nicht wahrnehmen könne.

So etwas kann passieren. Im Falle von Tillmann Schopf ist das allerdings besonders ärgerlich, weil er so prominent ist. Viele Leute in der Stadt, natürlich auch Frau Quecke, waren verwundert, dass dieser Mann überhaupt willens sein soll, in unserem kleinen Kaff aufzutreten. Sie hätten es niemals so formuliert, aber sie haben es mit Sicherheit gedacht. Und ebenso sicher bin ich mir, dass sie nicht die Spur verwundert sein werden, wenn sie erfahren, dass der Auftritt abgesagt wurde. Das konnte ja nicht klappen, werden sie denken. Sie werden es nicht sagen, aber sie werden es denken. Peinlich für den vermeintlichen Gastgeber, der sich wohl ein wenig zu weit aus dem Fenster gelehnt hat.

Welche Auftritte muss dieser Herr Schopf möglicherweise ebenfalls absagen, frage ich mich. Falls er tatsächlich krank ist. Wir werden ja nicht die einzig Betroffenen sein, versuche ich mich zu trösten. Ich rufe seine Homepage auf und ärgere mich über sein dämliches Grinsen, das mir auf der Startseite als Erstes entgegenkommt. Ein albernes Foto. Gestern, so lese ich dann, war Hamburg geplant, in drei Tagen ist es Schwerin. Die Vorstellung in Hamburg scheint stattgefunden zu haben. Kein Hinweis auf eine Absage. Auch der Abend in Schwerin ist im Internet noch nicht gestrichen. Dann aber sehe ich, dass unter dem morgigen Datum, an dem unser Gastspiel geplant war, nun ein Auftritt von Tillmann Schopf mit einem neuen Programm in Köln eingetragen ist, der zudem vom Fernsehen aufgezeichnet werden soll.

Fassungslos greife ich beinahe reflexartig zum Telefon und rufe den Agenten an.

„Ja, es tut mir wirklich leid, dass Herr Schopf den Termin bei Ihnen nicht wahrnehmen kann", höre ich ihn lamentieren.

„Er scheint aber fit genug zu sein, um in Köln für eine Fernsehaufzeichnung auf der Bühne zu stehen", entgegne ich.

„Äh …"

„Für wie blöd halten Sie mich eigentlich? Sicherlich wird Ihr Mann in Köln weitaus mehr als 2000 Euro verdienen, aber Zusagen sollte man einhalten. Das schafft Vertrauen für die weitere Zusammenarbeit. Zumindest hätten Sie mir die Wahrheit sagen können."

„Wieso 2000 Euro?", fragt er irritiert.

„2000 waren doch vereinbart."

„1500 waren ausgemacht."

„Und die restlichen 500 Euro?"

„Welche restlichen 500 Euro? Ich verstehe nicht, was Sie meinen."

Ich bin plötzlich so verwirrt, dass ich das Gespräch abrupt beende.

„Guten Morgen", höre ich im nächsten Moment eine Stimme und blicke überrascht auf Gisela Quecke, die plötzlich im Raum steht.

„Meinen Sie, ich hätte bemerkt, dass Sie reingekommen sind?", entschuldige ich mich.

„Sie waren eben allzu sehr auf Ihr Telefongespräch konzentriert", erwidert sie.

Ich erkläre ihr, dass ich gerade mit dem Agenten von Tillmann Schopf gesprochen habe. Der Kabarettist sei leider erkrankt, so dass unsere Veranstaltung ausfallen muss.

„Ich hatte mich sowieso gewundert, dass der Mann hier auftreten will", meint sei. „Hätten Sie ihn überhaupt bezahlen können?"

„Ja, sicher. Wir sind ausverkauft."

Frau Quecke verspricht mir, eine entsprechende Meldung in die morgige Ausgabe der Zeitung zu nehmen. Sie sei aber aus einem ganz anderen Grund hier.

„Ich habe überlegt, dass wir in einem größeren Artikel doch einmal eine Vorschau auf Ihr Jahresprogramm machen könnten. So weit Sie es bereits geplant haben."

„Das wäre wunderbar", freue ich mich.

„Wann steht eigentlich der nächste Abend mit Kammermusik auf Ihrer Agenda?"

„Sie scheinen Gefallen daran zu finden."

„Oh, ja", sagt sie bloß und lächelt.

Ich erzähle ihr von der Pianistin aus Leipzig, die ich eingeladen habe. Der Abend wird den Titel *Blue Classics* tragen. Sie spielt Kompositionen von Satie und Ravel, aber auch von Fazil Say und Schostakowitsch. Zum Abschluss des Konzertes wird dann Gershwins *Rhapsody in Blue* zu hören sein.

„Das kenne ich", strahlt Frau Quecke. „Reservieren Sie mir eine Karte."

9

Der Transporter von Bruno Göbel fährt endlich vor. Wir wollen seine Ausstellung einrichten, und eigentlich sollte er schon vor zwei Stunden hier sein. Als ich ihn aus dem Wagen springen sehe, gehe ich ihm ungeduldig entgegen.

„Du bist spät", sage ich und versuche, nicht vorwurfsvoll zu klingen.

„Ja, tut mir leid", entgegnet er. „Ich musste mich erst einmal um meinen Mann kümmern. Er ist wohl irgendwann in der Nacht aufgestanden und hat sich auf den Balkon gesetzt. Ich habe das erst heute Morgen gemerkt. Die halbe Nacht hat er im Pyjama draußen in der Kälte gesessen. Um sich die Sterne anzusehen, wie er meinte."

„Seine Demenz?"

„Ja, klar."

„Kannst du deinen Mann denn jetzt tagsüber alleine lassen?", frage ich.

„Es gibt ein paar Freunde, die sich immer mal abwechselnd um ihn kümmern", erklärt Bruno. Dann reißt er die Seitentür seines Transporters auf, und wir machen uns daran, die in Luftpolsterfolie verpackten Bilder ins Haus zu tragen. Es sind relativ große Arbeiten mit breiten Keilrahmen, daher ist es kaum möglich ist, mehrere davon gleichzeitig zu greifen. So benötigen wir knapp eine dreiviertel Stunde, bis wir alles ins Haus geschafft haben. Anschließend wird ausgepackt.

Als wir die Bilder endlich rundum im großen Saal an die Wände gestellt haben, scheinen uns die *Burschen*, wie Bruno die von ihm porträtierten jungen Männer nennt, allesamt ins Visier zu nehmen. Stolz posieren sie vor uns, zeigen uns ihre Muskeln, starren aber mit einem leicht blöden Grinsen eigentlich bloß ins Leere. Die grellen Farben, die Bruno verwendet hat, unterstreichen die grotesken Anstrengungen dieser Bubis.

„Sie schinden Eindruck", sage ich zu Bruno.

„So soll es sein", meint er mit einem Augenzwinkern. „Impertinent im doppelten Sinne."

Am späten Nachmittag haben wir eine beachtliche Auswahl der Bilder gehängt. Ich war mir mit Bruno zum größten Teil schnell einig, was die Anordnung der Werke betrifft. Insofern erwies es sich als eine entspannte Arbeit, und war ich anfangs eher skeptisch, was das sehr spezielle Sujet betrifft, bin ich jetzt doch sehr zufrieden.

Zwischendurch hatte ich Bruno gefragt, ob wir anschließend noch etwas essen gehen wollen, doch er meinte, es sei ihm lieber, dann relativ zügig zurück nach Hause zu seinem Mann zu fahren.

„Brauchst du noch irgendetwas von mir?", fragt Bruno, als er schließlich wieder in seinen Transporter steigt. „Ach, die Preisliste muss ich dir noch mailen", fällt ihm ein.

„Nein", entgegne ich. „Die habe ich schon von dir bekommen."

„Setzt die Demenz bei mir jetzt auch schon ein?", scherzt er.

Ich wünsche ihm eine gute Heimfahrt und gehe zurück ins Haus. Das Telefon klingelt. Einen Moment denke ich an den anonymen Anrufer, aber es ist Simon, der wissen möchte, ob ich zum Abendessen zu Hause sein werde. Ich sage ja. Der Störenfried vom Telefon hat sich jetzt tatsächlich länger nicht gemeldet. Hoffen wir, dass es so bleibt.

Simon hat natürlich wieder gekocht, dieses Mal allerdings bloß eine schnelle Pasta, da er selbst auch erst spät heimgekommen ist. Ich erzähle ihm von meinem Tag mit Bruno Göbel, versuche ihm die Idee zu erläutern, die hinter der Serie mit den *Burschen* steckt, aber Simon scheint nicht besonders überzeugt davon zu sein.

„Mich langweilen diese Posts bereits in den sozialen Medien. Warum soll ich mir die dann auch noch in einer Ausstellung ansehen?"

„Sie sind doch künstlerisch verfremdet, und es geht Bruno darum, sie bloßzustellen", versuche ich Simon zu erklären.

„Die stellen sich doch auf den geposteten Fotos schon selber bloß."

„Ach, du verstehst das nicht. Oder du willst es nicht verstehen."

„Klar. Wenn mir etwas nicht gefällt, liegt es nur daran, dass ich es nicht verstehe", entgegnet Simon verärgert.

„Was hast du heute in der Schule erlebt?", frage ich, um das Thema zu wechseln.

„Wir hatten Vollversammlung in der Aula. Sämtliche Lehrer und Schüler mussten antanzen."

„Lass mich raten. Ein Schüler hatte auf dem Schulhof selbstgebackene Kekse verteilt, und später hat sich herausgestellt, dass er ein bisschen Gras in den Teig gemischt hat."

„Quatsch. – Es ging um eine Friedenskundgebung, die die Schule auf dem Hof mit allen Lehrern und Schülern organisieren will."

„Ist doch eine gute Sache."

„Sicher."

Wir schweigen, und nach dem Essen, das wirklich eher ein Imbiss war, entschließen wir uns kurzerhand, noch ins Kino zu fahren.

Am nächsten Morgen sitzt Amanda Schiller bereits an ihrem Arbeitsplatz, als ich im *Kulturwerk* auftauche. Sie telefoniert, doch als sie mich kommen sieht, beendet sie das Gespräch ziemlich abrupt. Wir grüßen uns, indem wir einander kurz zunicken. Sie widmet sich dann wieder dem Papier, das sie vor sich in Händen hält, und ich setze mich an meinen Schreibtisch.

Ich habe mir vorgenommen, mich um die genaue zeitliche Einteilung der im nächsten Jahr geplanten Ausstellungen zu kümmern. Sechs Künstlerinnen und Künstler stehen insgesamt auf dem Programm, die jeweils in Solo Shows ihre neuen Arbeiten präsentieren sollen. Am Ende des Jahres gibt es dann wie gewohnt eine Gruppenausstellung zu einem von mir vorgegebenen Thema, das allerdings im Augenblick noch nicht feststeht. Es ist stets dasselbe. Jedes Jahr quäle ich mich über Monate mit der Suche nach einer möglichst originellen Vorgabe. Es ist nicht einfach, wie ich gern sage, sich immer wieder selbst zu übertreffen.

„Eine kuriose Auswahl an Bildern." Amanda Schillers Stimme.

„Was?" Ich schaue zu ihr hoch. Sie blickt zu mir herüber.

„Wen wollen Sie mit diesen vor Eitelkeit strotzenden Jünglingen anlocken?", fragt sie.

Ich überlege einen Moment, ob ihre Frage ernst oder polemisch gemeint ist, versuche dann aber, ihr in wenigen Worten möglichst sachlich das Konzept von Bruno Göbel zu erläutern. Amanda Schiller hört mir zu und starrt mich dabei regungslos an, wie sie es schon so oft getan hat.

„Ich kann mir nicht vorstellen, dass das die Leute hier interessiert", konstatiert sie, als ich mit meinen Ausführungen fertig bin.

„Wenn ich mich für eine Ausstellung entscheide, ist das nicht unbedingt das wichtigste Kriterium", erwidere ich trotzig.

„Müssen Sie nicht auch ein bisschen Geld verdienen?"

„Sicher, aber man muss die Leute doch auch mal aus ihrer Komfortzone holen und die Konfrontation suchen."

„Aber einen musikalischen Abend über Sex-Spielzeug lehnen Sie ab, weil er Ihnen zu vulgär ist." Amanda Schiller senkt den Blick wieder auf ihr Papier.

„Nicht vulgär, sondern spießig. Wenn vermeintliche Bildungsbürger sich über Sex-Spielzeug amüsieren, finde ich das spießig."

„Nicht verklemmt?"

Ich werde wütend.

„Respektieren Sie einfach mal meine Entscheidungen", ermahne ich Amanda Schiller und werde lauter. „Sie überschreiten fortwährend Ihre Grenzen."

„Ich bin nicht nur Ihre dumme Bürohilfe", entgegnet sie in gleichbleibend ruhigem Ton.

„Deshalb glauben Sie offensichtlich auch, Sie könnten hinter meinem Rücken zusätzlich Provisionen für sich kassieren. Halten Sie mich für so blöd, dass ich das nicht bemerke?"

„Ich weiß nicht, wovon Sie sprechen."

„Ich spreche von dem Tango-Abend, den Sie angeblich für 800 Euro gebucht haben. Der tatsächlich aber nur 400 Euro kostet. Was ich allerdings nur zufällig erfahren habe."

„Das war ein Missverständnis. Ich dachte, das geforderte Honorar gilt pro Person. Das hatte ich Ihnen doch erklärt", rechtfertigt sich Amanda Schiller.

„Und in dem anderen Fall?", frage ich.

Sie schweigt.

„Sie hatten mir gesagt, Tillmann Schopf verlangt 2000 Euro. Wie ich dann aber von seinem Agenten – wieder nur durch Zufall – erfahren habe, handelte es sich bloß um 1500. Einen Vertrag gab es ja nicht. Dafür haben Sie gesorgt. Die restlichen 500 Euro wollten Sie offensichtlich als Provision kassieren."

„Das ist nicht mehr als eine ziemlich unverschämte Behauptung."

„Dann erklären Sie mir doch mal die Notiz, die ich auf Ihrem Schreibtisch entdeckt habe. *Tillmann 500 Euro extra* stand darauf."

„Ohne meine Hilfe hätten Sie Tillmann Schopf doch überhaupt nicht bekommen."

„Habe ich auch so nicht. Er hat ja abgesagt."

„Ein Fernsehauftritt ist im Zweifelsfall dann eben doch interessanter als ein Gastspiel in der Provinz."

„Welch ein Glück, dass Sie noch in der Probezeit sind. Nutzen wir also die Gelegenheit. Ich erlöse Sie von meiner Anwesenheit. Und Sie erlösen mich von Ihrer.

Packen Sie einfach Ihre Sachen und verschwinden Sie. Und zwar möglichst zügig, wenn ich bitten darf."

Das Telefon klingelt.

„*Kulturwerk*. Hallo?"

Wieder einmal Stille am anderen Ende.

„Hallo?" Ich zwinge mich, dieses Mal auszuharren. „Wer ist denn da?"

Nichts zu hören. Nicht einmal ein Atmen. Während ich warte, beobachte ich, wie Amanda Schiller ihre persönlichen Dinge zusammenpackt.

„Wer ist da, verdammt nochmal!" Ich werde lauter.

„Hallo", höre ich plötzlich eine weibliche Stimme.

„Wer sind Sie?", frage ich genervt.

„Mein Name ist Gundula Petersen. Ich wollte mal fragen, was man tun muss, wenn man gern bei Ihnen ausstellen möchte."

„Haben Sie schon öfter angerufen, ohne sich am Telefon zu melden?"

„Nein."

„Das ist mit Sicherheit das Dümmste, was Sie tun können, wenn Sie hier ausstellen wollen."

„Ich war das nicht", sagt die weibliche Stimme und klingt wenig glaubwürdig.

„Schicken oder mailen Sie mir einfach Ihre Unterlagen, aber hören Sie auf, mich mit anonymen Anrufen zu belästigen."

Amanda Schiller hat das Haus bereits verlassen, als ich zwei Stunden später in die Redaktion von Gisela Quecke hinüberlaufe. Ich fühle mich seltsam erleichtert. Von Anfang an habe ich mit dieser *Frau Schiller* Probleme gehabt. Ich habe versucht, das wachsende Unbehagen zu verdrängen, weil ich von Freunden immer mal wieder zu hören bekomme, ich hätte grundsätzlich meine Schwierigkeiten mit Frauen. Was meiner Meinung nach nicht stimmt. Mit Hannah zum Beispiel konnte ich gut zusammenarbeiten. Und auch privat sind wir bestens miteinander klar gekommen. Erst seitdem sie in New York lebt, haben wir uns ein wenig entfremdet.

Ich betrete die Redaktion und sehe Frau Quecke an ihrem Computer sitzen. Sie schaut zu mir hoch und lächelt.

„Sie hatten doch um eine Programmvorschau gebeten", sage ich. „Die habe ich Ihnen mitgebracht."

„Das hätten Sie doch auch per Mail erledigen können."

„Ja, aber ich fand es so netter. Außerdem sind eine ganze Menge Fotodateien dabei. Deshalb bekommen Sie von mir einen Stick."

Sie bietet mir einen Platz an und fragt, ob wir die Gelegenheit nutzen wollen, um gemeinsam einen Kaffee zu trinken. Ich stimme dankend zu und greife mir einen Stuhl, während sie die betagte Kaffeemaschine in Gang setzt.

„Sie haben da übrigens eine ziemlich selbstbewusste und eigenwillige Mitarbeiterin eingestellt", meint Frau Quecke und reicht mir die großzügig gefüllte Tasse. „Neulich wollte sie mir vorschreiben, ihr zukünftig jeden meiner Artikel zum Thema *Kulturwerk* vorab zu lesen zu geben. Sie meinte, das sei so üblich. Am liebsten hätte ich sie ausgelacht, aber ich bin freundlich geblieben und habe ihr zu verstehen gegeben, dass ich das natürlich nicht tun werde."

„Ich habe Frau Schiller heute entlassen", verrate ich.

„Oh, was ist passiert? Hat Sie Ihnen auch indiskutable Bedingungen gestellt?"

„Ich glaube, sie hat versucht, bei der Buchung von Veranstaltungen Nebeneinnahmen für sich zu generieren."

„Haben Sie sie so miserabel bezahlt?"

„Ach, wir sind auch ständig aneinander geraten. Es hat einfach nicht gepasst."

„Dann seien Sie froh, dass Sie es rechtzeitig genug gemerkt haben."

Wir schlürfen unseren Kaffee, tauschen uns darüber aus, was bei jedem von uns an diesem Tag sonst so Schönes und Schreckliches passiert ist und ... – ja, wir lachen ein wenig miteinander.

Nach meinem Besuch bei Frau Quecke fahre ich nach Hause. Simon finde ich im Atelier, und zu meiner Überraschung bereitet er nicht den nächsten Unterricht für seine Schüler vor, sondern arbeitet an einem neuen Bild.

„Erstaunlich wenig blau", wundere ich mich. „Hast du vor den Seestücken kapituliert?"

„Mach dich nur lustig über mich", kontert Simon. „Es bezieht sich auf ein Gemälde von van Gogh. *Der Maler auf dem Weg zur Arbeit.*"

„Stimmt. Jetzt, wo du es sagst, erkenne ich es. Sonnendurchflutet ...!"

„Hannah hat übrigens vorhin angerufen."

„Oh ...! Was hat sie gesagt?"

Simon zieht mit feucht glänzendem Schwarz den langen Schatten nach, der sich von dem entspannt schlendernden Maler auf dem Feldweg abzeichnet.

„Was hat sie gesagt?", wiederhole ich.

„Nicht viel."

„Simon …!"

„Sie kommt nach Deutschland."

„Das ist endlich eine gute Nachricht", freue ich mich. „Hat sie gesagt, warum sie kommt? Will sie bleiben?"

„Sie will mit dir reden."

„Ich habe übrigens Amanda rausgeschmissen."

„Was?" Simon dreht sich zu mir um und wirkt verblüfft.

Ich erzähle ihm, dass sie versucht hat, hinter meinem Rücken Provisionen mit Künstlern und Agenten auszuhandeln, die sie sich in die eigene Tasche stecken wollte.

„Und was hat sie zu ihrer Rechtfertigung gesagt?", fragt Simon.

„Sie hat sich mit fadenscheinigen Erklärungen herausgewunden", antworte ich. „Ich kann es ihr auch nicht beweisen. Letztlich ist es nur ein Verdacht."

„Und wie hast du den Rausschmiss begründet?"

„Muss ich gar nicht. Während der Probezeit können beide Seiten jederzeit das Handtuch werfen."

Simon wendet sich wieder seinem Bild zu, und ich folge mit meinem Blick dem Pinsel in seiner Hand, der nun orangefarbene Tupfer in das Gelb des Feldweges setzt. Es ist das perfekte Timing, denke ich. Amanda Schiller ist raus, und im nächsten Moment ruft Hannah an und kehrt reumütig aus New York zurück. Alles wird gut.

Die nächsten Tage muss ich mich im *Kulturwerk* neu organisieren. Ich merke schnell, wie hilfreich es war, eine Mitarbeiterin an meiner Seite zu haben. Der Pressetext für den Abend mit der Pianistin aus Leipzig ist noch nicht geschrieben, nicht einmal der Programmzettel mit Informationen zu den einzelnen Kompositionen, die sie spielen wird. Da braucht es noch ein wenig Recherche im Internet. Und dann denke ich über das Gastspiel eines Kindertheaters aus Bremen nach. Ein junges Ehepaar hat dieses Theater vor einigen Jahren gegründet, war bereits einmal bei uns zu Gast, und zwar mit *Pettersson und Findus*. Eine Geschichte, die bei den Kindern sehr beliebt ist. In der ersten Inszenierung wurde erzählt, wie der alte Pettersson und der immer zu Streichen aufgelegte Kater Findus sich kennengelernt haben. Nun gibt es eine Fortsetzung. Pettersson möchte darin für Findus zu dessen Geburtstag eine besondere Überraschung basteln: eine Geburtstagsmaschine. Was auch immer das ist …

Die Spielfreude der beiden Bremer Theatermacher hatte sich bei ihrem ersten Gastspiel sofort auf die kleinen Zuschauer übertragen. Pettersson kommt als lebensgroße Puppe daher, und als er das erste Mal die Bühne betreten hatte, ging ein erstauntes Raunen durch den Saal. Gebannt sind die Kinder der Geschichte bis zum Schluss gefolgt, und ich weiß aus Erfahrung mit anderen Kindervorstellungen, wie schnell die jungen Zuschauer ihre Aufmerksamkeit verlieren können. Es würde sicher auch dieses Mal ein großer Erfolg werden, aber ich zögere, denn für das Kindertheater war stets Hannah zuständig.

10

Ich stehe mit Simon vor dem Terminal am Hamburg Airport. Wir warten auf Hannah, deren Flugzeug vor einer knappen halben Stunde gelandet sein soll. Ich hatte vorgestern noch einmal mit ihr telefoniert. Sie war gut gelaunt und versicherte mir, dass sie sich auf das Wiedersehen freue. Doch den Grund ihrer Reise wollte sie mir nicht verraten, ja, nicht einmal sagen, wie lange sie bleiben wird. Sie wüsste es noch nicht so genau, meinte sie. Sie wolle es spontan entscheiden. In meine Freude, Hannah endlich wiederzusehen, mischt sich ein wenig Unbehagen.

Simon steht neben mir und wirkt eher teilnahmslos. Er blättert gelangweilt in einer Illustrierten, die er sich am Flughafen gekauft hat. Ungeduldig sehe ich wieder auf die Uhr.

„Müsste sie nicht längst herauskommen?", frage ich eher mich selbst, denn Simon liest gerade in einem Artikel über die Hitzewelle auf Mallorca.

„Das dauert nun mal so lange", antwortet er, ohne aufzusehen. „Wir haben doch Zeit."

Die letzten Tage musste ich bei jeder kleinen Aufgabe, die im *Kulturwerk* zu erledigen war, daran denken, wie entspannt und inspirierend es war, als ich die Arbeit im Haus noch mit Hannah teilen konnte. Es ist für mich kein Problem, Entscheidungen allein zu treffen, aber es war stets bereichernd, sich mit Hannah auszutauschen. Zwischen uns stimmte einfach die Chemie.

„Da kommt sie doch", höre ich Simon plötzlich sagen.

Jetzt sehe ich sie auch. Sie hat ihre Haare sehr kurz geschnitten, wodurch ihr Gesicht markanter wirkt. Der schwarze Hosenanzug, den sie trägt, macht sie extrem schmal, und ihre Arme und Beine wirken dadurch viel länger. Nun hat sie uns ebenfalls entdeckt und lächelt ein wenig.

„Schön, euch zu sehen, ihr zwei", begrüßt sie uns. „Wartet ihr schon lange?"

Wir umarmen uns. Hannah wirkt etwas müde. Simon nimmt ihren Koffer, und wir verlassen das Gebäude Richtung Parkplatz.

Zwei Stunden später sitzen wir bei uns zu Hause gemeinsam am Tisch und trinken Kaffee. Simon hatte vormittags einen Kuchen gebacken, den Hannah früher einmal zu ihrem Lieblingskuchen erklärt hatte. Er wollte ihr eine Freude machen, aber sie nahm sich eher beiläufig ein Stück davon, während sie darüber klagte, dass der Flug ab New York Verspätung hatte und sie dadurch fast den Anschlussflug in London verpasst hätte.

„Wie läuft es eigentlich bei dir im Kulturhaus?", fragt Hannah plötzlich. „Was hast du die Tage Spannendes auf dem Programm?"

Ich erzähle ihr von der Schauspielerin, die ich für diese Woche eingeladen habe.

„Sie hat zusammen mit ihrem Partner aus den Tagebüchern von Kafka, aus seinen Briefen und seiner Prosa eine Textcollage erstellt, und auf der Bühne spricht sie diesen Monolog. Als Kafka."

„Kafka", wiederholt Hannah. „Habe ich lange nicht gelesen."

„Der Abend ist für Samstag geplant", füge ich hinzu. „Es ist quasi der Ersatz für ein anderes Kafka-Projekt, das ich gebucht hatte. Von den jungen Theaterleuten aus Mannheim, die vor gut einem Jahr schon mal bei uns zu Gast waren. Kannst du dich erinnern? Die Leute haben aber plötzlich so überzogene Forderungen gestellt, dass ich absagen musste."

„Aha." Hannah sieht aus dem Fenster. Sie macht nicht den Eindruck, als würde sie das wirklich interessieren.

„Was haltet ihr davon, wenn wir heute Abend schick essen gehen?", wirft Simon ein. „Oder soll ich uns etwas kochen?"

„Ist mir beides recht", antwortet Hannah. „Ich werde mich erstmal eine Stunde hinlegen. Der lange Flug hat mich geschafft."

„Dann zeige ich dir das Gästezimmer." Simon springt auf.

„Nicht nötig", sagt Hannah. „Ich kenne doch euer Haus. Bin schließlich nicht das erste Mal hier."

Dann steht sie auf und verschwindet. Simon räumt wortlos den Tisch ab. Ich bleibe frustriert auf dem Sofa sitzen. Meine Gedanken kreisen um Hannah und ihr ambivalentes Verhalten. Bei der ersten Begegnung auf dem Flughafen war sie noch herzlich und entgegenkommend. Nun wirkt sie kalt und verschlossen.

Am späten Abend sitze ich wieder mit Hannah im Wohnzimmer. Simon ist schon schlafen gegangen, weil er morgen sehr früh zum Unterricht in die Schule muss. Vorher waren wir essen. Simon hatte den neu eröffneten Italiener vorgeschlagen. Während wir uns über die Pasta hermachten, hat Hannah von New York erzählt, ohne dabei allerdings etwas Persönliches preiszugeben. Nichts davon, was sie dort zurzeit macht, wie es ihr geht. Sie klagte über die hohen Mieten. Eine Zweizimmerwohnung würde man kaum unter 3000 Dollar im Monat bekommen, meinte sie. Bloß in Queens sei es deutlich günstiger. Sie erwähnte die unglaublich langen Schlangen an den Supermarktkassen, überhaupt müsse man überall in New York Stunde um Stunde anstehen und warten. Und sie hat uns das Rattenproblem geschildert, mit dem die Stadt zu kämpfen hat. Wir hörten ihr zu und erfuhren doch nichts über sie. Eine seltsame Atmosphäre.

Nun sitzen wir hier auf dem Sofa, trinken noch einen Wein und schweigen. Ich warte darauf, dass Hannah mir verrät, warum sie gekommen ist.

„Ich muss die letzten Wochen oft an die Zeit denken, in der wir für die Studentenzeitung gearbeitet haben", sagt sie plötzlich. „Kannst du dich noch erinnern, wie wir zu den Leuten in das von ihnen besetzte Haus gegangen sind?"

„Klar", erwidere ich. „Das war ziemlich abenteuerlich. Als die Polizisten uns vor dem Haus den Film aus unserer Kamera beschlagnahmt haben, weil wir sie fotografiert hatten …"

„Richtig!" Hannah lacht. „Einmal hattest du vorgeschlagen, wir sollten ein Interview mit schwulen Aktivisten machen, weißt du noch?"

„Ja, wir sind dann zu denen auf ein Spritzfest, wie sie das genannt haben."

„War dann doch ziemlich harmlos", erinnert sich Hannah. „Wahrscheinlich wollten sie uns nicht schockieren. Und du warst ja noch nicht geoutet."

Plötzlich scheint alles wieder so wie früher. Wir sitzen entspannt beieinander, lachen, quatschen und vergessen scheinbar Zeit und Raum.

„Am schönsten fand ich die drei Tage in Berlin", meint Hannah. „Als wir die Interviews in der Liedermacher-Szene gemacht haben."

„Das Interview mit Marianne Rosenberg nicht zu vergessen!", sage ich. „Ich hatte doch damals einen Freund, der totaler Fan von ihr war, erinnerst du dich?"

„Ja, sicher", lacht Hannah. „Du hattest vorher eine Ansichtskarte von Berlin besorgt und Marianne Rosenberg gefragt, ob sie einen Gruß für ihn auf die Karte schreiben würde."

„Hat sie dann auch gemacht, und ich habe die Karte unterwegs in den Briefkasten geworfen. Mein Freund war total baff, als er sie bekam."

„Ja, das war eine schöne Zeit", seufzt Hannah.

„Wie geht es dir eigentlich mit der Trennung von Manuel?"

„Alles gut. Es war letztlich meine Entscheidung. Für Manuel ist eine Beziehung bloß ein lästiges Hindernis auf dem Weg zum Erfolg. Er will ein berühmter Musiker werden. Da stört eine Frau an seiner Seite bloß."

„Und denkst du …"

„Mehr gibt es dazu nicht zu sagen", unterbricht sie mich.

Es wird wieder still zwischen uns.

„Warum bist du hier, Hannah?", frage ich schließlich. „Du wirst doch einen bestimmten Grund haben, oder?"

„Ja, den habe ich", gesteht sie.

„Kommst du wieder zurück?"

„Nein."

Dieses eine Wort löst im selben Moment eine unglaubliche Enttäuschung in mir aus. Dann erzählt sie mir, dass sie sich in New York eine neue Existenz aufbauen will. Sie habe inzwischen viele gute Kontakte in der dortigen Künstler-Szene und möchte eine eigene Agentur gründen.

„Ich will das professionell ausbauen, was ich mit der Band von Julian schon begonnen habe", verrät sie.

„Ich hatte so gehofft …"

„Von Julian hatte ich dir doch erzählt, oder?"

Ich nicke.

„Der Grund, warum ich hier bin, hängt mit dieser Entscheidung zusammen, eine eigene Agentur zu gründen." Hannah wird plötzlich ganz ernst. „Ich möchte dich bitten, mich auszuzahlen."

„Was?"

„Ich benötige das Geld, das von mir in dem *Kulturwerk* steckt. Ich brauche es als Startkapital. Sonst habe ich dort keine Chance."

„Das ist nicht dein Ernst …?!" Mir wird ganz flau. „Wenn du das verlangst, dann habe *ich* keine Chance mehr."

„Dann musst du … was weiß ich? – Dann musst du dir einen neuen Partner suchen."

„Hannah, was du da verlangst …"

„Tut mir leid. Die Entscheidung ist mir wirklich nicht leicht gefallen, aber es gibt Augenblicke, da ist sich jeder selbst der Nächste. *Muss* es sein."

Mein erster Impuls ist in diesem Augenblick, einfach aufzustehen und das Zimmer zu verlassen. Aber ich schaffe es nicht. Ich sitze da und hoffe, dass Hannah gleich in Gelächter ausbricht und gesteht, dass sie sich gerade nur einen Spaß erlaubt hat. Aber das passiert nicht. Auch Hannah sitzt da und schweigt.

Am nächsten Tag bemühe ich mich, diese katastrophale Nachricht, die mich so kalt erwischt hat, möglichst zu verdrängen. Hannah ist tagsüber unterwegs, besucht alte Freundinnen hier in der Gegend, die sie natürlich auch lange nicht gesehen hat. Simon hat sich in sein Atelier zurückgezogen. Er weiß noch von nichts. Und ich bereite im *Kulturwerk* die abendliche Veranstaltung vor, den Kafka-Monolog. Die Bühne muss aufgebaut, das Licht eingerichtet, die Stühle müssen hingestellt werden. Später trifft die Schauspielerin ein, bekommt von mir Getränke und einen kleinen Snack, bevor sie sich zum Proben in den Saal zurückzieht. Ich setze mich an den Computer und versuche, mich irgendwie zu beschäftigen, um bloß nicht darüber nachzudenken, was da gerade geschieht.

Abends hocke ich, von Simon und Hannah eingerahmt, zwischen den Zuschauern und warte wie alle auf den Beginn der Vorstellung. Mit Hannah habe ich an diesem Tag kaum geredet. Lediglich profane Dinge haben wir zwischendurch ausgetauscht. Hast du gut geschlafen? Willst du was trinken? Kommst du heute Abend mit zu Kafka? Und Simon habe ich immer noch nicht eingeweiht. Seltsam eigentlich, dass ihn die angespannte, wortkarge Atmosphäre zwischen Hannah und mir nicht skeptisch macht.

Die Vorstellung beginnt. Die Schauspielerin erscheint als androgynes Wesen in einem langen, schwarzen Mantel und mit Zylinder auf dem Kopf. Der 80-minütige Monolog entfaltet einen unerbittlichen Wortschwall aus

Zitaten von Franz Kafka, Gefühle dunkler Ungewissheit beschwörend, eine rätselhafte, unkonkrete Bedrohung auslösend. Das ist das, was man wohl das Kafkaeske nennt, denke ich. Es passt so erschreckend und erbarmungslos zu meiner eigenen Situation. Doch Angst und Selbstzweifel werden in dem Monolog auch immer wieder mit Witz und Ironie konterkariert. Kafka besaß offensichtlich Humor. „Solange du nicht zu steigen aufhörst, hören die Stufen nicht auf. Unter deinen steigenden Füßen wachsen sie aufwärts", sagt er einmal. Ich weiß nicht, ob und wie es nun weitergehen soll. Ich fühle mich leer.

Am Ende gibt es viel Applaus. Einige Zuschauer kommen auf mich zu, um mir zu sagen, wie ergreifend und intensiv sie den Abend empfunden hätten. Ich bedanke mich, bin aber mit den Gedanken ganz woanders. Hannah ist gleich nach der Vorstellung verschwunden, und die Schauspielerin hat sich ziemlich schnell ins Hotel zurückgezogen. Sie muss am nächsten Morgen relativ früh die Heimreise antreten. Simon bleibt noch da und hilft mir beim Aufräumen.

„Was ist eigentlich los?", fragt er endlich. „Es herrscht so eine seltsame Stimmung seit heute Morgen. Habt ihr euch gestritten?"

Während wir die Stühle aus dem Zuschauerraum wegräumen, erzähle ich ihm von meinem Gespräch mit Hannah am gestrigen Abend.

„Ich habe mich immer schon gewundert, warum sie ihr Geld nicht zurückhaben will", sagt Simon daraufhin nur.

„Mehr fällt dir dazu nicht ein?"

„Na ja, sie hat dem Haus den Rücken gekehrt. Warum soll sie es dann weiterhin mit finanzieren?"

„Weil das einmal unsere gemeinsame Idee war. Eine Art Kindheitstraum, wenn du so willst."

„Wahrscheinlich ist er für Hannah ausgeträumt."

„Scheiße, Simon. Auf welcher Seite stehst du eigentlich?" Ich bin wütend.

„Auf gar keiner Seite. Ich kann euch beide verstehen. Jeder von euch braucht das Geld, aber Hannahs Anteil gehört nun mal ihr."

„Geh nach Hause, Simon. Lass mich allein."

Und Simon verschwindet.

„Mein Flug zurück nach New York geht morgen früh", verkündet Hannah am nächsten Vormittag beim Frühstück.

Ich verspreche ihr, sie zum Flughafen zu bringen.

„Das musst du nicht", antwortet sie. „Eine Freundin hat angeboten, mich zu fahren."

„Auch gut."

„Ich verstehe, dass du enttäuscht bist." Hannah beugt sich zu mir vor. „Aber versuche du auch, mich zu verstehen."

„Und mit Manuel ist es endgültig aus?", fragt Simon, während er sein geliebtes Quittengelee auf ein Brötchen streicht.

„Ich denke schon", antwortet Hannah.

„Gibt es einen Neuen?" Simon grient.

„Ist das jetzt so wahnsinnig wichtig?", fahre ich dazwischen.

„Nein", erwidert Hannah in Richtung Simon und bleibt ganz ruhig dabei.

Dann sagt keiner mehr etwas. Kurz darauf mache ich mich auf den Weg ins *Kulturwerk* und lasse Hannah und Simon enttäuscht zurück.

11

„Du hast lange geschlafen", sagt Simon, als ich am nächsten Morgen zum Frühstück komme.

„Nicht so lange, wie es aussieht", erwidere ich und setze mich gähnend zu ihm an den Küchentisch. „Ich lag die halbe Nacht wach."

„Hannah ist bereits gefahren." Simon schenkt mir einen Kaffee ein.

„Das habe ich mir schon gedacht."

„Sie hätte sich gern noch von dir verabschiedet."

Ich nippe an meinem heißen Kaffee.

„Hannah macht die Trennung von Manuel, glaube ich, ziemlich zu schaffen", meint Simon. „Auch, wenn sie sich kaum etwas anmerken lässt."

„Ich bin gerade nicht in der Stimmung, mich mit den Problemen von Hannah zu beschäftigen.", entgegne ich.

„Sie hat mir heute Morgen erzählt, dass …"

„Ich will das nicht hören, Simon", fahre ich ihn an. Dann stelle ich meine Tasse zurück auf den Tisch und stehe wieder auf.

„Willst du nichts essen?", fragt er und bleibt freundlich dabei.

„Nein", antworte ich. „Ich muss nachdenken."

Kurz darauf stehe ich ziemlich ratlos draußen auf der Straße. Einen Moment später beginne ich loszulaufen.

Immer geradeaus. Ich benutze Umwege, ziehe Kreise um die Häuser. Bloß nicht ankommen. In Bewegung lässt sich besser nachdenken. Es muss irgendwie weitergehen. Aufzuhören ist keine Option.

An einer Biegung kreuzt ausgerechnet Torben meinen Weg.

„Hallo, mein Lieber." Freudestrahlend kommt er auf mich zu. „Weißt du, dass es mir lange nicht so großartig ging wie heute? Es ist so ein schöner Tag …!"

„Oh, Torben", seufze ich. „Deine gute Laune kann ich im Augenblick überhaupt nicht gebrauchen."

„Gestern Abend habe ich eines meiner großen Bilder verkauft", jubelt er. „Knapp 8000 Euro. – Wenn das kein Grund zum Feiern ist."

„Glückwunsch", sage ich nur und schiebe mich an ihm vorbei.

„Wie kann man an solch einem Morgen nur dermaßen schlecht gelaunt sein!", faucht er hinter mir her.

Ich winke ab, laufe weiter, bin im nächsten Moment schon um die Straßenecke und außerhalb seines Blickfeldes. Wie immer sind um diese Zeit wenig Leute zu Fuß unterwegs. Hier erledigt sowieso jeder alles mit dem Auto. Die Leute in diesem Kaff kriegen einfach nicht ihren Arsch hoch. Jetzt wirst du unfair, sage ich mir. Reiß dich zusammen. Es gibt viele Menschen an diesem Ort, die deine Arbeit schätzen. Sobald ich an meinem Schreibtisch sitze, werde ich die Bank anrufen und einen Termin machen. Hoffen wir, dass es mit dem Gespräch noch in den kommenden Tagen klappt. Am Wochenende steht die Eröffnung der Ausstellung von Bruno Göbel auf dem Zettel. Bis dahin muss ich wissen, wie es weitergeht. Und irgendwie muss es doch weitergehen, oder nicht? Ich habe Hannah gefragt, wie dringend sie ihr Geld braucht, aber natürlich will sie nicht lange darauf warten. Und auch ich brauche schließlich Gewissheit. Was für ein schrecklicher Tag!

„Du hast mal einen Typen erwähnt, der finanziell bei dir einsteigen wollte", sagt Simon unvermittelt, als wir am Abend zu Hause über das Wok-Gemüse mit Erdnusssauce herfallen, das ich uns auf dem Rückweg vom *Kulturwerk* beim Vietnamesen besorgt habe. Tatsächlich konnte ich mich noch nicht überwinden, mit der Bank zu telefonieren. Ich ahne, dass das Gespräch nicht einfach werden wird. Den Nachmittag habe ich sinnlos vertrödelt.

„Kannst du dich erinnern?", hakt Simon nach.

„Ja, stimmt", erwidere ich. „Er hatte mir seine Karte gegeben. – Aber das war so ein Idiot ...!"

„Du könntest dich doch zumindest mal unverbindlich mit ihm treffen", meint Simon.

„Wahrscheinlich hält er sich für stinkreich, weil er 5000 Euro im Lotto gewonnen hat. Und nun denkt er, er kann groß einsteigen."

„Vielleicht hat er eine Million im Lotto gewonnen?" Simon grinst.

„Außerdem schien er mir nicht sehr kompetent."

„Umso besser. Dann wird er dir nicht viel reinreden."

„Wer weiß, ob ich die Visitenkarte überhaupt noch habe."

Aber Simon hat Recht, denke ich. Einen Versuch ist es Wert. Und dann hätte ich einen Grund, den Anruf bei der Bank erst einmal aufzuschieben. Der Gedanke daran erleichtert mich ein wenig.

„Schmeckt übrigens vorzüglich", meint Simon.

„Hm."

„Ach, gestern habe ich Torben getroffen ...!"

„Du auch?"

„Er hat eines seiner Bilder für 9000 Euro verkauft, hat er mir erzählt. Wahnsinn, oder?"

„Mir hat er 8000 gesagt."

„Könnte ich auch gut gebrauchen", seufzt Simon.

„Werde nicht gierig. Du hast doch dein schönes Lehrergehalt."

„Sehr witzig."

Da Simon nach dem Essen noch für zwei Stunden ins Atelier gehen will, nutze ich die Zeit, um nochmal ins *Kulturwerk* zu fahren und nach der Visitenkarte von diesem Mann zu schauen, der mich bei der Vernissage angesprochen hat. Ich befürchte, dass ich sie längst weggeworfen habe. Doch als ich meinen Schreibtisch durchforste, werde ich in einer Schublade überraschend schnell fündig. Hubertus Patt heißt der Typ, wie ich nun lese. Ein Blick auf die Uhr: Es ist noch nicht zu spät für einen Anruf.

„Hallo?"

„Guten Abend, Herr Patt. Ich weiß nicht, ob Sie sich noch an mich erinnern können. Sie hatten mich neulich während einer Vernissage im *Kulturwerk* angesprochen ..."

„Ja, aber natürlich erinnere ich mich an Sie. Der Herr mit dem schönen Programm", freut sich Hubertus Patt.

„Ich wollte mal nachfragen, ob Ihr Angebot noch steht. Falls Sie es überhaupt ernst gemeint haben."

„Sicher habe ich es ernst gemeint. Aber Sie hatten ja kein Interesse."

„Vielleicht sollten wir uns einfach mal treffen und darüber reden."

Leider klappt es, wie sich herausstellt, in dieser Woche nicht mehr mit einem gemeinsamen Termin, aber wir einigen uns auf Montag, gleich nach der Vernissage.

„Ich freue mich, Herr Patt", sage ich, was allerdings nicht wirklich der Wahrheit entspricht. Irgendetwas in mir widersetzt sich dieser Idee. Doch sehe ich im Moment keine andere Lösung.

Sonntagnachmittag. Das Haus füllt sich langsam. Ich bemühe mich, trotz meiner inneren Anspannung freundlich zu wirken und begrüße die Gäste, die nach und nach eintreffen mit einem Lächeln, das hoffentlich nicht allzu gequält wirkt. Auch um die Bewirtung muss ich mich selbst kümmern, was mich zusätzlich stresst. Die abwechselnd mit Sekt oder Orangensaft gefüllten Gläser hatte ich vorher schon bereitgestellt. Wie mechanisch greifen die Leute danach, als sie an dem Tresen vorbeikommen und verteilen sich dann entlang der Bilder von Bruno Göbel. Sie schauen, reden miteinander und nippen zwischendurch an ihrem Glas.

Zwei elegant gekleidete Damen mittleren Alters kommen lächelnd auf mich zu.

„Wir waren neulich bei Ihrem Kafka-Abend", strahlt die eine von ihnen.

„Das war wirklich sehr ergreifend", schwärmt die andere. „Eine so großartige Schauspielerin."

Ich bedanke mich höflich, doch dann werden die beiden Damen von einem jungen Pärchen verdrängt. Sie fragen, ob es möglich ist, schon Karten für den Klavierabend zu kaufen. Ich nicke und bitte sie, mich zum Tresen zu begleiten.

Bruno ist noch nicht eingetroffen. Wahrscheinlich hat er wieder Probleme mit seinem Mann. Bislang hat noch keiner der Gäste nach dem Künstler gefragt. Allerdings kann und will ich die offizielle Begrüßung nicht ohne ihn machen. Nachdem ich dem jungen Pärchen die Karten ausgehändigt und das Geld kassiert habe, mische ich mich wieder unter die Leute.

„Muss man diesen pubertären Muskelprotzen auch noch eine Bühne bieten?", zischt eine Dame links von mir mit empörtem Blick auf ihre männliche Begleitung.

„Wenn Künstlern nichts mehr einfällt, dann belästigen sie uns wieder mit nackter Haut", höre ich einen Mann rechts von mir flüstern.

„Als würde das irgendjemanden noch schockieren", entgegnet die Frau neben ihm.

Man schaut kurz auf die selbstverliebten *Burschen* von Bruno Göbel, und gleich darauf wendet man sich anderen Dingen zu. Auf der einen Seite des Raumes höre ich ein Gespräch über ein neues Restaurant im benachbarten Ort, auf der anderen Seite geht es um einen Fernsehkrimi, der gestern Abend lief, und direkt daneben unterhalten sich drei jüngere Leute über eine Fahrradtour durch Schleswig-Holstein, die sie gerade hinter sich haben. Alles in allem keine Begeisterung, kein Entsetzen, aber glücklicherweise auch keine wirkliche Ablehnung.

Jemand tippt mir plötzlich von hinten auf die Schulter. Ich drehe mich um und blicke in das freundliche Gesicht meines mutmaßlich neuen Geschäftspartners.

„Herr Patt", staune ich. „Was für eine nette Überraschung."

„Ich weiß, wir sind erst für morgen verabredet", strahlt er. „Aber Ihre neue Ausstellung wollte ich mir doch nicht entgehen lassen."

„Das freut mich. Dann schauen Sie sich gern um."

„Habe ich doch schon", erwidert Hubertus Patt.

„Und? Wie gefallen Ihnen die Bilder?"

„Ich vermisse die Frauen ein bisschen", moniert er. „Sie sollten zukünftig mehr auf die Quote achten."

„Welche Quote?", frage ich.

„Na, die Frauenquote! Wir leben doch nicht mehr in den Fünfzigerjahren. Denken Sie an die Gleichberechtigung." Er lacht.

Ich bin etwas irritiert und überlege, ob ich es hier gerade mit einem speziellen Humor zu tun habe.

In diesem Augenblick sehe ich Bruno Göbel hereinkommen.

„Entschuldigen Sie mich bitte, Herr Patt. Ich muss mich wieder um meine Gäste kümmern."

Er nickt mir verständnisvoll zu, und ich gehe in Richtung Eingang.

„Da bist du ja endlich, Bruno. Hattest du wieder Probleme mit deinem Mann?"

„Nein", antwortet er. „Ich habe ganz einfach im Stau gesteckt. Da gab es wohl einen Unfall auf der Autobahn."

„Schön jedenfalls, dass du jetzt hier bist", sage ich. „Dann können wir ja mit dem offiziellen Teil anfangen."

Ich rufe in den Raum und bitte um Aufmerksamkeit. Die Leute sammeln sich um uns herum, es wird stiller, die einzelnen Gespräche verstummen schließlich ganz, und ich begrüße alle Anwesenden. Dann stelle ich Bruno Göbel kurz vor und bitte ihn, selbst ein wenig zu den Arbeiten zu erzählen. Er erläutert seine Idee eines Gegenentwurfs zu Jan Vermeer, wie er es mir gegenüber anfangs auch getan hatte. Er spricht von den Posts junger Männer in den sozialen Medien, die ihn zu seinen Gemälden inspiriert haben. Die Demenz seines Mannes erwähnt er nicht, aber in seinen Ausführungen schwingt deutlich die Leidenschaft mit, die ihn in seiner Arbeit getragen hat. Die Leute hören ihm zu, zeigen aber keine Regung. Als Bruno fertig ist, gibt es einen kurzen, überraschend emotionslosen Applaus. Die Gäste kehren uns nach und nach erneut den Rücken und die Gespräche untereinander setzen wieder ein.

„Die Herrschaften wirken nicht sehr angetan", meint Bruno.

„Schockiert hast du sie offensichtlich auch nicht", entgegne ich.

„Tja …"

„Was wäre dir denn lieber gewesen?", frage ich ihn. „Absolute Begeisterung oder totale Ablehnung?"

„Gute Frage. Beides hat seine Vor- und Nachteile."

„Komm, holen wir uns einen Sekt und stoßen miteinander an."

Anderthalb Stunden später ist das Haus wieder leer, die Veranstaltung vorbei. Die Reaktionen blieben bis zum Schluss verhalten. Bruno Göbel hat das nicht besonders gestört. Er war die ganze Zeit über recht gut gelaunt, wollte dann aber auch möglichst bald zurück zu seinem Mann. Ich schließe die Tür des *Kulturwerks* von außen ab und mache mich auch auf den Heimweg.

Zwei Straßen weiter begegnet mir schon wieder Torben, dieses Mal in Begleitung einer jungen, ziemlich hübschen Frau, der er seinen rechten Arm um die Hüfte gelegt hat.

Wir begrüßen uns, Torben stellt mir die Dame an seiner Seite als Yvonne vor.

„Ich habe dich auf der Vernissage vermisst", sage ich.

„Ich stehe ja nicht so auf Männer", gesteht Torben mit einem Augenzwinkern und glaubt wohl, einen kleinen

Scherz gemacht zu haben. Wahrscheinlich, um seine frisch erworbene Partnerin zu beeindrucken.

„Aber Yvonne vielleicht", erwidere ich.

„Yvonne steht nur auf mich", grinst er. „Oder?" fragt er mit Blick auf seine Begleiterin. Sie lächelt etwas verlegen, sagt aber nichts.

„Und was habt ihr Schönes vor?", erkundige ich mich.

„Wir gehen ins Kino", verrät Torben. „War die Vernissage denn gut besucht?"

Ich nicke zufrieden.

„Und etwas verkauft?", hakt er nach.

„Noch nicht, aber die Bilder sind überraschend gut angekommen", schwindle ich, weil ich ahne, wie hämisch er reagieren würde, wenn ich ihm die Wahrheit erzählte.

„Freut mich für dich", heuchelt er.

„Okay, ich muss mal weiter."

„Wie geht's Amanda?", ruft Torben noch hinter mir her.

„Die habe ich rausgeschmissen."

„Oh …!"

„Viel Spaß im Kino."

Am nächsten Vormittag betritt Hubertus Patt pünktlich zur verabredeten Zeit das *Kulturwerk*. Ein wenig befangen blickt er sich im Raum um, als sei er das erste Mal hier. Er trägt wieder seinen teuren, aber bereits etwas zerschlissenen Anzug und hat sich einen graugrünen Seidenschal um den Hals gewickelt. Ich stehe auf und gehe ihm ein Stück entgegen.

„Herr Patt, ich freue mich. Herzlich willkommen."

„Wollen wir nicht du sagen?", lächelt er, wirkt dabei etwas unsicher und reicht mir seine rechte Hand. „Ich bin Hubertus."

Ich willige zögernd ein und strecke ihm meine Hand entgegen. Dann bitte ich ihn, am Tisch Platz zu nehmen. Ich frage ihn, ob ich ihm etwas anbieten darf. Einen Kaffee oder ein Wasser vielleicht. Er verneint. Einen Moment später sitzen wir uns gegenüber. Ich erzähle ihm kurz, dass meine momentane Geschäftspartnerin aussteigen möchte, sich damit meine finanzielle Situation verändert und ich unter Umständen einen neuen Partner benötige, der in das *Kulturwerk* zu investieren bereit ist.

Hubertus Patt hört sich meine Ausführungen in Ruhe an und erklärt dann, dass seine Frau vor einem dreiviertel Jahr gestorben sei. Sie hätten ein gemeinsames Haus in Niedersachsen besessen, das er nach ihrem Tod verkauft habe. Er sei erst vor kurzem in diese Gegend gezogen, weil er näher ans Meer wollte. Aus dem Verkauf der Immobilie habe er eine sechsstellige Summe übrig, die er einbringen könnte.

„Ich möchte aber nicht bloß der Goldesel sein", meint Herr Patt. „Ich möchte das Programm mitgestalten. Kunst und Kultur haben schließlich eine herausragende Bedeutung für unsere Gesellschaft, und dazu möchte ich etwas Sinnvolles beitragen."

„Verfügen Sie denn über Verbindungen, die für unser Haus nützlich sein könnten?", frage ich ihn.

„Wir waren doch schon beim Du", erinnert mich Herr Patt.

„Ja, stimmt. Verfügst du denn über Verbindungen, die für unser Haus nützlich sein könnten?"

„Nicht direkt", erwidert er kleinlaut. „Aber ich habe Ideen."

Er wird schnell feststellen, dass es ihm an der nötigen Erfahrung fehlt, hoffe ich. Und dann wird er froh sein, wenn ich für uns gemeinsam die Entscheidungen treffe.

„Nun, Hubertus, wir werden uns da schon einig werden", beschwichtige ich mein Gegenüber.

12

Die rechtlichen Formalitäten sind in wenigen Tagen erledigt. Wir waren beim Notar, um den Vertrag zu unterschreiben, wir haben alles Nötige mit der Bank geregelt, und ich konnte Hannah umgehend ausbezahlen. Es ist doch wohltuend zu beobachten, wie leicht Probleme aus dem Weg geschafft werden können, wenn ausreichend Geld vorhanden ist.

Hubertus hat darauf bestanden, den Arbeitsplatz von Amanda Schiller zu übernehmen, den er natürlich für den Arbeitsplatz von Hannah hält. Was er ursprünglich ja auch gewesen ist. Und Hubertus möchte beschäftigt werden. Heute Morgen kam er pünktlich um 9 Uhr ins Kulturhaus, setzte sich an seinen Schreibtisch, den er mit einem Foto von seiner verstorbenen Frau verziert hat, und fragte mich voller Tatendrang: „Was kann ich tun?"

„Du kannst dir doch mal alle Eintragungen zu den letzten Veranstaltungen ansehen", habe ich ihm vorgeschlagen. „Dann bekommst du einen Eindruck davon, was man in der Planung so alles bedenken muss."

Seit mehr als einer Stunde durchforstet er nun unsere digitalen Unterlagen und löchert mich mit Fragen: Wie ist es dir gelungen, eine amerikanische Pianistin ans Haus zu holen? Hat sie womöglich nur englisch gesprochen? Welche bekannten Ufa-Schlager hat der Pianist denn gesungen? War auch etwas von Heinz Rühmann dabei? Hat sich der Kabarettist aus Rostock über unsere Regierung lustig gemacht? War bei *Alice im Wunderland* tatsächlich kein einziger Zuschauer? Und den beiden Musikern aus Hamburg musstest du solch ein hohes Honorar zahlen, wo die doch gar keine weite Anreise hatten? Und dann haben sie ja nicht mal ihr gesamtes Programm gespielt, weil dem Mann das Cello kaputtgegangen ist. War bei der Ausstellung mit den berühmten Schauspielerinnen auch Marika Rökk dabei? Und etwas von Kafka habt ihr gespielt? Das hat die Leute interessiert?

Ich bin genervt, denn ich komme nicht zum Arbeiten. Ich könnte mich ebenso gut neben Hubertus setzen und ihm sein Händchen halten.

„Was steht denn als Nächstes auf dem Programm?", fragt er schließlich.

Ich erzähle ihm von der Pianistin aus Leipzig, die einen Abend unter dem Motto *Blue Classics* präsentieren wird, und er will wissen, welche Rolle die Farbe in der Musik denn spielen soll. Ich erkläre ihm, dass der Begriff *blue* etwas mit Melancholie zu tun hat, die einen manchmal überkommt. Und die Musik passt eben zu dieser Stimmung.

„Den ganzen Abend melancholische Musik?" Hubertus staunt. „Sollen die Leute bei uns Trübsal blasen?"

„Ach, Hubertus …! Melancholie kann etwas Wunderbares sein."

Mein Professor Unbedarft ist davon nicht so recht überzeugt.

„Die Woche darauf haben wir einen Abend mit Bandoneon und Violine. Sie spielen argentinische Tangos", sage ich dann und hoffe, dass er damit etwas mehr anzufangen weiß.

„Tango? Das gefällt mir!", freut er sich. „Habe ich früher auch mit meiner Frau getanzt. Wir haben alle

Standardtänze beherrscht. Ich habe Jutta schließlich in einer Tanzschule kennengelernt."

„Der Tango, den du meinst, wird nach festgelegten Schritten getanzt."

„Ja, natürlich."

„Der argentinische Tango ist allerdings ein freier Tanz. Da wird improvisiert", erkläre ich.

„Da kann jeder machen, was er will? Wie soll das denn funktionieren?"

„Nun, bei uns wird ja sowieso nicht getanzt", kapituliere ich. „Es geht allein um die Musik."

Ich schlage Hubertus vor, im Internet zum Thema Tango zu recherchieren. Außerdem zeige ich ihm eine Liste mit dem Programm der *Blue Classics* und empfehle ihm, zu den einzelnen Stücken nach Informationen zu suchen. Tatsächlich habe ich die nächsten zwei Stunden Ruhe und kann selbst ein wenig arbeiten.

„Wie läuft es mit deinem neuen Partner?", fragt Simon, als wir uns mittags im Café treffen.

„Er ist tatsächlich ziemlich unbedarft."

„Na, dann wird er dir ja auch nicht viel reinreden."

„Oh, doch. Auf seine Art. Und das ist ziemlich anstrengend."

„Du brauchst das Geld. Also ertrage es mit Fassung."

Simon wird für zwei Tage nach Berlin fahren. Er will sich mit einem Galeristen treffen. Gedanklich ist er weit weg von meinen Problemen. Er versucht bloß, mit seinem Nachfragen Anteilnahme vorzutäuschen, tatsächlich aber beschäftigt er sich mit der Reise und dem, was ihn in Berlin erwartet. Da bin ich mir sicher. Der Galerist, den er treffen will, scheint mir mindestens ebenso interessant zu sein wie dessen Galerie. Simon hatte mir die Website gezeigt. Da war mir sofort klar, warum er dort hinreisen will.

„Wann geht dein Zug?", frage ich ihn.

„In knapp zwei Stunden", antwortet er. „Was hast du heute noch vor?"

Ich zucke mit den Schultern.

„Soll ich die Dame vom Bahnhof abholen?", fragt Hubertus am nächsten Nachmittag wenige Stunden vor dem Konzert. Er meint Corinna Götze, die Pianistin aus Leipzig.

„Kannst du gern machen", sage ich. „Aber sei freundlich zu ihr."

„Ich bin immer freundlich", entgegnet Hubertus.

„Und du solltest sie auch nicht vollquatschen."

Mit leicht beleidigtem Blick verlässt Professor Unbedarft das *Kulturwerk* Richtung Bahnhof. Ich hoffe, dass er sich gegenüber der Künstlerin nicht allzu peinlich verhält. Ich hätte Corinna Götze lieber selbst abgeholt, aber ich muss mich daran gewöhnen, die anstehenden Aufgaben mit Hubertus zu teilen. So kümmere ich mich inzwischen um die Vorbereitungen für den Abend. Die Bestuhlung im Saal, das Bühnenlicht, Getränke und Antipasti für die Künstlerin. Wir haben bislang vierzig Karten verkauft. Entgegen den Befürchtungen von Hubertus, schreckt die Leute das melancholische Motto überhaupt nicht. Vor allem die Tatsache, dass Gershwins *Rhapsody in Blue* auf dem Programm steht, erweist sich als Publikumsmagnet.

Eine halbe Stunde später tritt Hubertus mit der Pianistin durch die Tür. Corinna Götze ist eine attraktive Frau um die vierzig mit langen, brünetten Haaren. Lächelnd reicht sie mir zur Begrüßung die Hand. Hubertus erscheint neben ihr noch kleiner und dicker als sonst. Beflissen fragt er sie, ob er ihr die Räumlichkeiten zeigen dürfe. Doch Corinna Götze möchte erst einmal ins Hotel. Ich zeige ihr den Weg zu ihrer Unterkunft, die schräg gegenüber unseres Hauses liegt. Sie greift sich ihren Trolley und ist kurz darauf wieder verschwunden.

Als am Abend das Konzert beginnt, sitzt Hubertus immer noch vorn an der Kasse und macht nun die Abrechnung. Ich denke, er ist froh, dass er der Musik nicht unmittelbar ausgesetzt wird. Das *feeling blue* liegt ihm ja nicht besonders, wie er mir zuvor schon eingestanden hatte. Professor Unbedarft bevorzugt es eben lustiger.

Corinna Götze eröffnet mit den Variationen zu Gershwins berühmten *Summertime* aus *Porgy and Bess*. Die Bearbeitung stammt von Fazil Say, einem türkischen Komponisten. Ich habe mal gelesen, dass *Summertime* der am meisten gecoverte Song der Welt ist. Im Programm folgt darauf der Walzer von Schostakowitsch aus seiner *Jazz Suite*. Besonders freut mich, dass Corinna Götze einige Stücke aus *L'enfant et les sortilèges* spielt. Diese Oper mag ich wirklich gern, weil Ravel darin einen weiten musikalischen Bogen spannt – vom Mittelalter bis ins 20. Jahrhundert. Zum Abschluss erklingt die *Rhapsody in Blue*. Der Applaus des begeisterten Publikums beendet den Abend.

„Anscheinend gefiel den Leuten das Konzert", staunt Hubertus, als er die Besucher gut gelaunt an der Kasse vorbei zum Ausgang streben sieht.

„Sieht ganz so aus", antworte ich. „Hast du die Abrechnung fertig?"

„Ja, alles perfekt." Stolz reicht mir Hubertus den Computerausdruck. „Ist das für dich in Ordnung, wenn ich jetzt schon nach Hause gehe?"

„Aber ja, geh nur."

Er packt seine Sachen und verschwindet.

Kurze Zeit später kommt Corinna Götze aus der Garderobe.

„Ich hoffe, die Zuschauer waren zufrieden …?!"

„Aber ja!", antworte ich. „Es war wunderbar."

„Vielleicht könnte ich noch ein Glas Rotwein bekommen, um den Abend ein wenig ausklingen zu lassen?"

„Gern", sage ich. „Dann werde ich auch noch einen Wein trinken."

Ich hole aus der Küche zwei Gläser und eine Flasche unseres *Château Latour*, den ich für besondere Gelegenheiten besorgt habe. Damit setzen wir uns in einen kleineren Raum neben dem Saal.

„Sie haben ein sehr schönes Programm", lobt Corinna Götze.

„Das höre ich gern. Vielen Dank."

„Sehr abwechslungsreich. Und es sind einige wirklich hervorragende Musiker dabei."

„Wir haben mittlerweile einen recht guten Ruf in der Szene", entgegne ich nicht ohne Stolz.

„Wie lange gibt es dieses Haus denn schon?"

„Sechs Jahre inzwischen."

Sie möchte wissen, woher ich ursprünglich komme oder ob ich in dieser Gegend aufgewachsen sei. Ich erzähle ihr, dass ich aus Hamburg hierher gezogen bin, gemeinsam mit einer langjährigen Freundin und meinem Mann.

„Er war heute Abend aber nicht da, oder?"

„Nein", antworte ich. „Simon ist für ein paar Tage in Berlin."

„Beruflich?"

Ich nicke. „Er ist Maler und hat dort einen Termin in einer Galerie, wo er möglicherweise einige seiner Arbeiten ausstellen kann."

„Mir gefällt, dass Sie es so geradeheraus erzählen", gesteht sie.

„Was meinen Sie?"

„Dass Sie mit einem Mann liiert sind. Ich habe damit in vielen Situationen immer noch meine Schwierigkeiten. Ich bin mit einer Frau zusammen."

„Das sollte heute kein Problem mehr sein, meinen Sie nicht?"

„Auch hier nicht in der ... entschuldigen Sie, wenn ich das so sage ... in der Provinz?"

„Nein", entgegne ich. „Wir haben hier eigentlich keine negativen Erfahrungen gemacht."

„Wollen wir uns nicht duzen?", fragt sie.

„Gern."

Die Gläser sind inzwischen leer, und ich schenke uns beiden noch einmal nach. Wir stoßen an, blicken uns dabei in die Augen, und es entsteht eine seltsame Vertrautheit.

„Ist dein Mann ohne Zögern mit dir zusammen hierher gekommen?" Corinna nippt an ihrem Rotwein.

„Du meinst: in die Provinz?" Ich grinse.

„Entschuldige ..."

„Alles gut. – Aber ja, eigentlich schon."

Einen Augenblick halte ich inne, doch dann beginne ich ihr zu erzählen, dass es gerade nicht besonders gut läuft mit Simon. Es ist das erste Mal, dass ich es mir auch selbst offen eingestehe. Wir geraten in letzter Zeit häufig aneinander. Ich habe das Gefühl, Simon steht mir nicht mehr zur Seite, sondern argumentiert gegen mich, stellt mein Verhalten in Frage.

„Wir entfernen uns voneinander", sage ich. „Irgendwie …"

„Habt ihr mal darüber geredet?", fragt Corinna.

„Vielleicht bilde ich mir das ja auch nur ein", überlege ich laut.

„Trotzdem solltest du es ansprechen."

„Aber wenn man es anspricht, dass man das Gefühl hat, dass da etwas ist, und der andere sagt, nein, da ist nichts, dann ist da plötzlich wirklich etwas, obwohl da vorher gar nichts war und man bloß das Gefühl hatte, dass da etwas ist."

„Das klingt aber sehr verworren." Corinna muss lachen.

„Ja, stimmt. Habe ich auch gerade bemerkt."

Wir sitzen noch zwei Stunden zusammen, leeren die Flasche Wein und reden miteinander. Corinna erzählt, dass ihre Frau auch Musikerin sei. Sie spiele Oboe, und sie beide würden oft miteinander musizieren. Das würde ihrer Beziehung Kraft geben. Es gäbe viele Sonaten, zum Beispiel von Mozart und Schumann, die eigentlich für Klavier und Horn, Klarinette oder Violine gedacht seien, wo man dann aber ebenso gut die Oboe einsetzen könne. Ich frage sie, ob es zwischen ihr und ihrer Frau auch schon ähnliche Probleme gegeben habe, wie ich sie gerade mit Simon erlebe. Corinna verneint, gesteht aber ein, dass sie sich erst seit einem Jahr kennen würden.

„Kommt uns doch mal besuchen", sagt sie schließlich.

„Ja, warum nicht", antworte ich. „Mal sehen, was Simon dazu meint."

„Sonst kommst du eben allein."

Wir lachen, aber innerlich ist mir in diesem Augenblick nicht wirklich zum Lachen zumute.

Als ich am nächsten Morgen ins *Kulturwerk* komme, sitzen da Hubertus und Gisela Quecke vergnügt plaudernd zusammen am Tisch.

„Sie haben ja einen fröhlichen neuen Kompagnon", strahlt Frau Quecke.

„Freut mich, dass Sie sich verstehen", antworte ich und setze mich an meinen Schreibtisch.

„Hubertus hat mir gerade von dem gestrigen Konzert berichtet", verrät sie. „Ich wäre ja so gern gekommen, war aber leider verhindert. Wirklich sehr ärgerlich."

„Ich habe Gisela erzählt, dass die Leute sehr zufrieden waren." Hubertus ist anzumerken, wie stolz er darauf ist, Gisela Quecke für sich erobert zu haben.

„Das Konzert war doch auch wirklich großartig, Hubertus, oder?", stichele ich.

„Äh, ja …" Professor Unbedarft gerät ins Stolpern.

„Aber Sie müssen zukünftig auch für mehr Unterhaltung sorgen", mahnt Gisela Quecke. „Da hat Hubertus durchaus Recht."

„Hat er das gesagt?", staune ich. „An was denkst du denn da konkret, Hubertus?"

„Ach, da müssen wir uns vielleicht mal in Ruhe zusammensetzen und gemeinsam überlegen", meint er.

„Ihr werdet euch da schon einig", erklärt Frau Quecke. „Hubertus, du bringst frischen Wind ins Haus. Das kann nicht schaden."

Gisela Quecke klopft Professor Unbedarft freundschaftlich auf die Schulter, erhebt sich und verlässt mit „den besten Wünschen für das neue Team" unser Haus.

„Eine angenehme Frau", seufzt Hubertus.

Ich stimme ihm zu.

„Ich habe übrigens etwas im Internet entdeckt, das für uns interessant sein könnte", meint er dann.

„Nämlich?"

„Ein Duo aus Hamburg. Bestimmt nicht teuer. Sie singen maritime Lieder. Das würde doch gut hier in den Norden passen, findest du nicht?"

„Wie heißen die denn?"

„Weiß ich gar nicht. Das Programm heißt *Wolken und das weite Meer*. – Ich kann übrigens nichts dafür", fügt er dann hinzu und wird ganz kleinlaut.

„Wovon redest du?"

„Sie meinte, wir sollten uns doch einfach duzen. Ich wäre gar nicht auf die Idee gekommen."

„Du meinst Gisela Quecke? Das ist doch in Ordnung, Hubertus. Es kann nicht schaden, wenn du dich mit der örtlichen Presse gut verstehst."

„Ja, das habe ich auch gedacht."

13

„Wer ist denn der kleine, dicke Mann, der hier gestern herumgelaufen ist und sich wichtig gemacht hat, als du nicht da warst?" Torben steht breitbeinig in der Tür und hat seine Hände herausfordernd in die Hüfte gestemmt.

„Torben, das ist Bodyshaming", sage ich.

„Was?"

„Na, der *kleine, dicke Mann*."

„Aber er ist doch klein und dick."

„Ich nenne ihn Professor Unbedarft."

„Findest du das freundlicher? Wer ist dieser Mann?" Torben kommt näher und setzt sich mir gegenüber an den Schreibtisch.

„Er ist mein neuer Geschäftspartner."

Ich erkläre ihm die Situation.

„Als ich gestern reinkam ..." Torben hält einen Moment lang inne. „Der kleine, dicke Mann wusste natürlich nicht, wer ich bin. Er hat mich für einen Kunden gehalten. Da erzählt er mir, dass ich nichts Falsches denken soll, weil nur Bilder von Männern an den Wänden hängen. Das wäre ein Versehen und demnächst würden da auch wieder Frauen hängen."

Ich muss lauthals lachen.

„Das ist doch völlig absurd", schimpft Torben. „Ich meine, ich stehe nun wirklich nicht auf Männer, aber mir ist doch völlig egal, ob hier Frauen oder Männer hängen. Meinetwegen können da auch Schildkröten hängen."

„Ja, das ist absurd, da gebe ich dir Recht", sage ich.

„Und?"

„Was und?"

„Tauscht du die Bilder demnächst tatsächlich gegen Frauen?"

„Quatsch. Er hat dir Blödsinn erzählt. Professor Unbedarft eben."

„Dann solltest du ihn hier nicht allein frei herumlaufen lassen. Oder ihn wenigstens tagsüber knebeln."

Ich möchte das Thema wechseln und frage Torben, ob er gestern etwas Bestimmtes von mir wollte.

„Nein", antwortet er. „Ich habe nur von draußen durch das Fenster gesehen, dass da ein kleiner, dicker … also, ein fremder Mann am Schreibtisch sitzt. Das kam mir seltsam vor."

Eine Stunde später kommt Hubertus ins *Kulturwerk*. Von seinen Sommerschals scheint er eine größere Kollektion zu besitzen. Heute trägt er ein Exemplar in rostrot mit feinen sandfarbenen Streifen. Durchaus geschmackvoll, aber sein alter grauer Anzug passt nicht im Geringsten dazu.

„Ich habe gestern mit den Künstlerinnen telefoniert", verkündet er stolz, während er sich an seinen Arbeitsplatz begibt.

„Welche Künstlerinnen?", frage ich.

„Die beiden Damen, die die Seemannslieder singen. Wir hatten darüber gesprochen. Wie ich vermutet habe, sind sie gar nicht so teuer, und sie haben nächste Woche Zeit."

„Um was zu tun?" Ich bin irritiert.

„Um bei uns aufzutreten. Der Freitag ist doch noch frei."

Professor Unbedarft macht sich selbständig.

„Ich zahle das", fügt Hubertus gönnerhaft hinzu.

„Darum geht's nicht. Aber wir müssen solche Termine doch absprechen."

„Wozu haben wir dann die Planung im Computer?", staunt er. „Da sehe ich doch, welche Tage frei sind. Wenn man immer noch fragen muss, braucht man den Computer ja gar nicht."

„Hubertus …!"

„Ich habe den Damen auch schon zugesagt. Und ich habe mit Gisela darüber gesprochen. Sie schreibt einen Artikel."

„Lass uns das zukünftig bitte absprechen."

„Aber trotzdem in den Computer eintragen?"

„Ja, bitte."

Als ich mittags am Bahnhof ankomme, trifft der Zug gerade ein, mit dem Simon aus Berlin zurückkehrt. Wir begegnen uns mit einem leicht unsicheren Lächeln, umarmen uns kurz und steigen in den Wagen.

„Wie war's?", frage ich vorsichtig, während ich den Motor starte und losfahre.

„Gut", sagt Simon nur.

„Oh, so genau wollte ich es gar nicht wissen", entgegne ich spöttisch, als ich bemerke, dass er anscheinend beabsichtigt, es bei einem simplen *gut* zu belassen. Simon reagiert nicht darauf.

„Die Galerie ist sehr schön und sie liegt ziemlich zentral", fügt er dann doch nach einer Weile hinzu.

Diesmal reagiere ich nicht, sondern warte auf weitere Informationen.

„Ich könnte im nächsten Herbst dort ausstellen."

„Ah, ja."

„Felix …"

„Felix?", unterbreche ich ihn.

„Der Galerist", erklärt Simon. „Felix hat interessante Künstler im Programm. Er besitzt ein gutes Gespür für die richtige Auswahl."

„Der Glückliche …!"

„Ja, ein interessanter Mann."

Wir sind angekommen, steigen aus dem Wagen und gehen ins Haus.

„Was gibt es bei dir Neues", fragt Simon, parkt seine Reisetasche erst einmal an der Garderobe und folgt mir ins Wohnzimmer. „Wie macht sich dein neuer Kompagnon?"

„Professor Unbedarft nervt. – Ich nenne ihn jetzt so". füge ich hinzu, als ich Simons fragenden Blick sehe.

„Dann hast du dein Urteil über ihn ja schon gefällt."

„Möchtest du etwas trinken?", frage ich.

„Bloß ein Wasser."

Ich gehe in die Küche, während Simon sich auf das Sofa fallen lässt.

Hat das alles eigentlich noch etwas mit dem zu tun, was wir uns ursprünglich vorgestellt hatten, frage ich mich. Wir waren entschlossen, abseits der Großstadt einen neuen Lebensabschnitt zu beginnen. Mit Hannah habe ich das Kulturhaus eröffnet. Simon sollte hier in Ruhe und Abgeschiedenheit malen. Anfangs schien alles gut. Dann ist Hannah nach New York gegangen. Inzwischen hat sie sich ganz aus der Verantwortung für das Haus genommen, und ich bin gezwungen, mich mit einem Mann zu arrangieren, der ein ganz anderes Verständnis von Kultur besitzt. Auch mit Simon läuft es gerade nicht besonders gut. Von dem alten Kindheitstraum ist nicht mehr viel geblieben …

Mit zwei Gläsern Wasser kehre ich zurück ins Wohnzimmer.

„Ich werde die Ausstellung in Berlin wohl machen", sagt Simon, als ich ihm sein Glas reiche und mich ihm gegenüber auf einen der Sessel setze. Wir sehen uns nicht an.

Professor Unbedarft ist nicht mehr zu halten. Für seinen Abend mit den Seemannsliedern hat er Handzettel drucken lassen und tobt am nächsten Tag mittags quer durch die Stadt. Wie er mir später erzählt, hat er jeden angesprochen, dem er unterwegs begegnet ist. Ungefragt hat er den Leuten von den Shantys singenden Damen vorgeschwärmt. Leuten, die noch nie hier im Haus waren. Leuten, die von dem Haus noch nicht einmal gehört hatten, wie mir Hubertus staunend berichtet.

„Du machst eben viel zu wenig Werbung", rügt mich der Professor.

„Ich werde nicht mit Handzetteln durch die Stadt laufen und Passanten belästigen", entgegne ich.

„Aber du musst doch auf die Menschen zugehen", meint er. „Die meisten waren sehr freundlich."

„Weil du ihnen etwas von Seemannsliedern erzählt hast."

„Ja, natürlich. Das kam gut an. Probiere das mal mit deinen Tangos."

„Nein, ganz sicher nicht."

„Nicht nur fröhlich, sondern auch recht pfiffig, Ihr neuer Geschäftspartner", lobt Gisela Quecke, als ich sie am späteren Nachmittag vor dem Supermarkt treffe.

„Ja", sage ich. „Pfiffig trifft es ziemlich genau."

„Ich bin mir sicher, dass der maritime Abend gut ankommen wird."

„Ja, kann schon sein."

„Aber Ihr Tango-Abend …? Hubertus schien mir da sehr skeptisch. Er sagte mir, dass da vorher gar nicht geprobt wird."

„Da hat er ganz offensichtlich etwas missverstanden."

„Ach …!"

„Die Improvisation, von der ich ihm erzählt hatte, bezieht sich auf den Tanz, nicht auf die Musik. Und bei dem Konzert wird nicht getanzt."

„Aber es geht doch um Tango, oder nicht?"

„Was wir hier in Europa oft unter Tango verstehen", sage ich, „das ist der Turniertanz, der feste Regeln hat Der *Tango Argentino* aber ist ein Tanz des Volkes, der um 1900 in Buenos Aires entstanden ist. Da gibt es keine Vorgaben, man tanzt ihn gewissermaßen von Herz zu Herz. Es geht um Führen und Folgen. Das macht diesen Tanz so spannend. Der *Tango Argentino* steht für Leidenschaft, Melancholie und Schmerz."

„Sie haben es aber mit der Melancholie, mein Lieber!", meint Frau Quecke. „Hoffentlich vergraulen Sie auf Dauer nicht Ihr Publikum."

Der Shanty-Abend ist da. Hubertus wirkt schrecklich aufgeregt. Er hat die beiden jungen Frauen, die tatsächlich überraschend frisch und überhaupt nicht altbacken wirken, überschwänglich empfangen und in die Garderobe begleitet. Die Veranstaltung ist ausverkauft. Jede Menge Menschen, die ich noch nie im Haus gesehen habe, sind neugierig und freudig erregt hereingestürmt. Ich bin hin- und hergerissen. Einerseits ärgere ich mich, dass die Idee von Professor Unbedarft so gut ankommt, andererseits freut mich das volle Haus. Wenn es bloß keine Seemannslieder wären!

Die beiden jungen Frauen – eine blond, die andere brünett – heißen Luisa und Birthe. Luisa spielt Akkordeon, Birthe sitzt am Klavier. Sie sind sympathisch, und ich kann mir gar nicht vorstellen, dass sie ausgerechnet den Shantys verfallen sein sollen. Kurz vor acht holt Hubertus die beiden aus der Garderobe, führt sie etwas umständlich zur Bühne, macht eine bemüht lustige, ein wenig steife Ansage – und der Abend beginnt.

„Ich bin ein Mädchen aus Piräus und liebe den Hafen, die Schiffe und das Meer", singt Luisa und begleitet sich selbst dazu auf dem Akkordeon.

„*Ich* lieb' das Lachen der Matrosen, ich lieb' jeden Kuss, der nach Salz schmeckt und nach Teer", kontert Birthe und haut in die Tasten. Ich bin überrascht. Die beiden verwandeln das Lied *Ein Schiff wird kommen* in ein musikalisches Gerangel zwischen zwei eifersüchtigen Frauen. Sie streiten darüber, wer sich wohl den schönsten Matrosen schnappen wird, sobald das Schiff angelegt hat. „Ein Schiff wird kommen, und das bringt *mir* den einen", singt Luise. Und Birthe entgegnet: „Ein Schiff wird kommen und *meinen Traum* erfüllen." Ich sehe zu Hubertus hinüber, der leicht irritiert wirkt. Das Publikum amüsiert sich.

Am Ende des Liedes scheinen beide Seemannsbräute vergeblich auf ihren Matrosen gewartet zu haben. In Liebeskummer vereint singen sie: „Beim ersten Mal, da tut's noch weh, da glaubt man noch, dass man es nicht verwinden kann, doch mit der Zeit – so peu à peu – gewöhnt man sich daran." Luisa und Birthe klingen nun wie zwei wehklagende Katzen unter dem Fenster des Hauses, in dem der umschwärmte Kater wohnt.

„Die Seefahrerromantik", meint Luisa, als der Applaus verklungen ist, „Die Seefahrerromantik wird von vielen melancholischen Balladen getragen."

„Manche Menschen meinen, Melancholie sei so etwas wie Depression", fügt Birthe hinzu. „Für uns aber ist es etwas ganz Natürliches und Wunderbares, beizeiten auch einmal melancholisch zu sein."

Da ist sie wieder, die Melancholie, die von Gisela Quecke und Hubertus Patt so verunglimpft wird. Ich triumphiere ein wenig, das muss ich gestehen. Die Damen gefallen mir.

Und dann singen sie wieder, und ich bin sicher, mit einem Lied von Hanns Eisler hat niemand gerechnet: „Die Hochsee ist ein wildes Weib. Kriegt sie ein Schiff zum Zeitvertreib, lässt sie ihm keine Ruh! Kapitän und Heizer und Matros, die nimmt sie alle in den Schoß und lässt sie nicht mehr los …"

Es folgen Gassenhauer wie *Das kann doch einen Seemann nicht erschüttern* oder *La Paloma*, ja, sogar *Alles klar auf der Andrea Doria*, aber stets ungewöhnlich und leicht schräg interpretiert, immer mit einem kräftigen Schuss Ironie.

„Seefahrt", erklärt Luisa zum Schluss dem Publikum, „Seefahrt steht für raus in die Welt, frei sein, Neues ausprobieren, ebenso aber für die Suche nach Heimat und Identität." Und dann stimmen sie eine Zugabe an: „Goodbye Johnny, warst mein bester Freund. Eines Tages, mag's im Himmel sein, mag's beim Teufel sein, sind wir wieder vereint …"

Das Publikum jubelt, Professor Unbedarft aber ist anzusehen, dass er etwas völlig anderes erwartet hat.

Eine Stunde später bin ich mit Hubertus wieder allein im Haus und wir räumen auf.

„Ich bin ziemlich enttäuscht von den Damen", klagt er.

„Warum?", frage ich. „Es war doch ein Erfolg."

„Aber sie haben mich hereingelegt. Ich wusste doch nicht …"

„Hörst du nicht, was ich sage?", unterbreche ich ihn. „Den Leuten hat es gefallen. Mir hat es auch gefallen. Das Haus war voll, und es waren viele Menschen da, die ich bei uns noch nie gesehen habe."

„Ja, aber …"

„Hubertus, es ist alles okay."

„Meinst du wirklich?" Professor Unbedarft wirkt immer noch ratlos.

„Komm", sage ich. „Wir holen uns einen Sekt und stoßen darauf an."

14

„Guten Morgen, mein Schatz. Ausgeschlafen?"

Ich mache gerade Frühstück, als Simon völlig verpennt aus dem Schlafzimmer kommt.

„Nanu", staunt er. „So gut gelaunt?"

„Ich bin immer gut gelaunt", sage ich und stelle die Tassen mit dem heißen Milchkaffee auf den Tisch.

„Aber sicher", brummt Simon. „Du bist immer gut gelaunt. Besonders in der letzten Zeit."

„Ich meinte das nicht ironisch."

„Aber ich."

„Hälst du mich für griesgrämig?" Ich schütte die frischen Brötchen aus der Papiertüte in den Brotkorb und setze mich an den Frühstückstisch.

„Bingo", sagt Simon nur, setzt sich mir gegenüber und greift nach seinem Milchkaffee.

„Bist du deshalb die letzte Zeit so genervt von mir?", frage ich.

„Ich bin nicht genervt."

„Aber du stellst dich bei jeder Gelegenheit gegen mich. Immer wenn ich dir etwas erzähle, dann erklärst du mir, dass ich Unrecht habe."

„Ich bin nicht immer deiner Meinung. Das ist richtig. Ich habe nämlich eine eigene. Aber dein Jammern und Nörgeln in der letzten Zeit …"

„Sorry, aber es läuft gerade nicht so gut bei mir."

„Hast du dich mal gefragt, wie es bei mir läuft?"

„Du machst nicht gerade einen bemitleidenswerten Eindruck."

„Weil ich nicht so viel jammere wie du? – Gib mir mal bitte die Himbeermarmelade."

„Weil du dich mit einem attraktiven Galeristen tagelang in Berlin vergnügst."

Simon bricht in schallendes Gelächter aus.

„Während ich hier um meine Existenz kämpfe", füge ich entrüstet hinzu.

„Du bist eifersüchtig!"

Beleidigt stehe ich auf und will aus dem Zimmer gehen. Simon springt hoch und packt mich an den Schultern.

„Der Galerist in Berlin ist ein schöner Mensch, aber er ist liiert und pflegt mit seinem Mann keine offene Beziehung. Zudem hat er mich von Anfang an allein in seiner Eigenschaft als Galerist interessiert."

„Ah, ja …?"

„Würdest du dich jetzt bitte wieder hinsetzen? – Und was dein Kulturhaus betrifft: Gib dem Mann, den du Professor nennst …"

„Unbedarft. Professor Unbedarft", unterbreche ich ihn.

„Wie auch immer. Gib ihm eine Chance. Es ist unfair, ihn von vornherein als Idioten abzustempeln. Immerhin unterstützt er dich finanziell."

„Du hast ja Recht", gestehe ich, und während wir uns wieder an den Tisch setzen, erzähle ich Simon von dem überraschend erfolgreichen und wider Erwarten originellen maritimen Abend, den Hubertus organisiert hat.

„Das klingt doch gut", freut er sich. „Bekomme ich jetzt die verdammte Himbeermarmelade?"

Als ich ins *Kulturwerk* komme, berichtet mir Hubertus, dass der Abend mit den argentinischen Tangos ausfallen muss. Einer der Musiker habe gerade angerufen und gesagt, dass sein Kollege krank geworden sei. Warum habe ich bloß das Gefühl, dass Hubertus nicht besonders traurig darüber ist? Die Antwort darauf kommt prompt.

„Ich weiß schon einen Ersatz", verkündet er stolz.

„Und der wäre?"

„Ein Wilhelm-Busch-Abend." Hubertus reicht mir einen Text, den er offensichtlich aus dem Internet gefischt und ausgedruckt hat.

„*Bilderpossen*", lese ich.

„Genau. Der Mann scheint sehr lustig zu sein. Er spielt die Gedichte von Wilhelm Busch auf der Bühne nach."

„Als Pantomime?", frage ich.

Hubertus zuckt mit den Schultern.

„Gut, kümmere dich mal darum. Du hast mit den Seemannsfrauen ja ein ganz gutes Gespür bewiesen."

Freudig erregt stürzt sich Hubertus an seinen Schreibtisch und greift zum Telefon. Zwangsläufig muss ich an Amanda Schiller denken, die bei solchen Aktionen versucht hat, Nebeneinnahmen zu generieren. Hubertus scheint mir dafür viel zu harmlos, aber er hat es ja auch gar nicht nötig. Ich sichte in meinem Mail-Postfach die neuen Nachrichten. Jemand bietet uns einen Titanic-Abend an. Im Hintergrund höre ich Professor Unbedarft, wie er das Konzept unseres Hauses zu erklären versucht. Ich muss schmunzeln, versuche aber, mich weiterhin auf die Mail zu konzentrieren. *Am 15. April 1912 ging die Titanic unter, 1500 Menschen fanden den Tod … – Auf seiner Jungfernfahrt vom englischen Southhampton über den Nordatlantik nach New York kollidierte der Ozean-riese mit einem Eisberg …*

„Er hat am Freitag Zeit. – Und er verlangt bloß 300 Euro", freut sich Hubertus, der plötzlich neben mir steht und anscheinend auf ein Lob wartet.

„Okay, dann frag den Mann, ob er Pressefotos hat und rede mit der Druckerei." Ich überlege. „Nein, ein Plakat macht so kurzfristig keinen Sinn mehr. Gib die Programmänderung einfach an Gisela Quecke. Die soll uns einen schönen Artikel machen."

Hubertus nickt.

„Du kannst doch so gut mir ihr", füge ich mit einem ironischen Unterton hinzu.

„Am besten gehe ich gleich mal zu ihr hinüber", sagt er und verschwindet.

Ich beschäftige mich wieder mit der *Titanic. Die acht Musiker unter Leitung des Kapellmeisters Wallace Hartley spielten auf dem Bootsdeck beschwingte Salonmusik, um eine Panik unter den Passagieren zu verhindern. So hatte es die Schiffsführung angeordnet. Keiner der Musiker überlebte den Untergang … – Das Wrack schlug in 3821 Metern Tiefe mit einer Geschwindigkeit zwischen 50 und 80 km/h auf dem Meeresgrund auf.*

„Sie sind ja ganz allein!"

Ich höre die Stimme von Frau Quecke und schaue überrascht hoch.

„Ist Hubertus nicht da?", fragt sie und steht ein wenig verloren im Raum.

„Er ist unterwegs zu Ihnen in die Redaktion", sage ich.

„Oh, ich war gar nicht dort. Ich hatte einen Termin bei der Bürgermeisterin."

„Das heißt, sie existiert tatsächlich?", frage ich, nicht ohne Ironie. „In meinem Haus hat sie sich bislang nicht blicken lassen."

„Sie müssen sie dann schon persönlich einladen", meint Frau Quecke.

„Ach?"

„Wollte Hubertus denn etwas Bestimmtes von mir?"

Ich erzähle ihr, dass der Tango-Abend ausfällt, da einer der Musiker erkrankt ist. Hubertus habe sich um einen Ersatz gekümmert. Einen Wilhelm-Busch-Abend.

„Aber das soll er Ihnen selbst erzählen. Wenn er merkt, dass Sie nicht in der Redaktion sind, wird er sicher gleich wieder hier auftauchen", sage ich.

„Und was haben Sie da Schönes?", fragt Frau Quecke mit Blick auf meinen Monitor. „Etwas über die *Titanic*?"

„Ja, das ist das Angebot eines Streichquartetts. Sie haben ein Konzert mit der Musik zusammengestellt, die das Bordorchester in der Nacht gespielt hat, als das Schiff gesunken ist. Um damals eine Panik unter den Passagieren zu verhindern."

„Weiß man denn, was damals gespielt wurde?"

„Scheint so. Obwohl ja keiner von den Musikern überlebt hat."

„Wie schrecklich, genau die Musik zu hören, die erklungen ist, während so viele Menschen einen furchtbaren Tod gestorben sind."

„Die Musiker lesen zwischen den einzelnen Stücken, die sie spielen, auch aus den Briefen von Überlebenden vor", sage ich. „Ein Zitat steht hier in der Mail: *Da ich diesen Brief schreibe, siehst Du, dass ich überlebt habe. Ich kann noch immer nicht glauben, dass ich nicht wie so viele andere Menschen irgendwo im Ozean bin, mit leeren Augen auf den Himmel voller Sterne starrend.*"

„Oh, wie furchtbar", seufzt Frau Quecke. „Sagen Sie mir jetzt nicht, dass das wieder etwas mit Ihrer Melancholie zu tun hat."

In diesem Augenblick kommt Hubertus durch die Tür.

„Hier bist du, Gisela. Da kann ich dich ja lange suchen", strahlt er.

„Ich habe gehört, du hast für mich etwas über Wilhelm Busch? Das ist gottseidank eine fröhlichere Angelegenheit. Wir sprechen hier nämlich gerade über die *Titanic*. Was für eine schrecklich traurige Geschichte. Da freue ich mich umso mehr über Plüsch und Plum."

„Die fromme Helene nicht zu vergessen", stimmt Hubertus mit ein.

„So lustig ist das auch nicht", entgegne ich. „Die fromme Helene liegt am Ende verkohlt am Boden."

Am Nachmittag fahre ich zu dem Hofladen am Ortseingang. Ich möchte Brokkoli für das Abendessen besorgen, Simon hatte mich darum gebeten. Außerdem gibt es dort so leckere Marmeladen, die von den Betreibern des Hofes selbstgemacht werden. Spontan entscheide ich mich für ein Glas Apfelgelee.

„Sind Sie nicht der Mann von Herrn Möller?"

Ich drehe mich um und blicke in das freundlich lächelnde Gesicht einer Frau.

„Richtig", sage ich. „Simon Möller ist mein Mann."

„Entschuldigen Sie, dass ich Sie einfach so anspreche, aber ich wollte Ihnen einfach nur sagen, dass Herr Möller ein wunderbarer Lehrer ist. Richten Sie ihm bitte Grüße von mir aus."

Ich wirke auf die Frau wohl etwas verwundert, und so erklärt sie mir, dass ihr 12jähriger Sohn Finn bei

Simon Kunstunterricht hat und Finn seitdem wieder Spaß am Malen habe.

„Wissen Sie, Finn hat früher immer so gern gemalt. Irgendwann aber meinte er, das sei etwas für Mädchen. Ich denke, seine Freunde haben ihn damit geärgert. Durch Herrn Möller hat er gelernt, dass es ihm nicht peinlich sein muss, wenn er gerne malt. Und Finn sagte mir, dass Herr Möller meinte, er habe Talent. Und nun ist Finn ganz begeistert bei der Sache. Es ist ihm jetzt egal, was die anderen Jungs dazu sagen. Ist das nicht wunderbar?"

„Ja", antworte ich. „Das finde ich auch. Ich werde es Simon, also Herrn Möller ausrichten."

„Entschuldigen Sie. Ich habe mich gar nicht vorgestellt. Kröger ist mein Name. Monika Kröger."

Ich bedanke mich bei ihr, und wir wünschen uns gegenseitig noch einen guten Tag. Auf dem Heimweg denke ich noch darüber nach. Eine schöne Begegnung war das. Ich freue mich schon darauf, Simon davon zu erzählen.

„Nennen Sie mich einfach Rudi", sagt der Mann, der sich offensichtlich Wilhelm Busch verschrieben hat. Klein, drahtig, mit einer rothaarigen Igelfrisur und Sommersprossen. Er reicht mir freundlich die Hand.

„Herr Patt müsste auch gleich wiederkommen", sage ich. „Er besorgt noch den Champagner."

„Ich habe ansonsten wirklich keine besonderen Ansprüche", lobt Rudi seine vermeintliche Bescheidenheit. „Aber ein Glas Champagner vor der Vorstellung, das muss einfach sein."

„Kein Problem", erkläre ich.

„Das macht mich locker, verstehen Sie? Das nimmt die Anspannung vor dem Auftritt."

Wie aufs Stichwort kommt Hubertus mit der Flasche Schampus unterm Arm durch die Tür.

„Ah, da ist ja der gute Tropfen", freut sich Rudi und stiert nur auf die Flasche, während Hubertus ihn per Handschlag begrüßt.

„Ich werde ihn erst einmal kaltstellen."

„Ach, ich nehme ruhig schon mal einen Schluck. Er muss gar nicht so sehr gekühlt sein."

Rudi und Hubertus verschwinden in der Küche. Ich lasse die beiden allein.

Der Abend ist ganz gut verkauft, wenn auch nicht ausgebucht. Gisela Quecke hatte einen launigen Artikel dazu verfasst, und das Foto, auf dem dieser Rudi ein wenig an Pumuckl erinnert, hat sicher das Übrige getan. Seine äußere Erscheinung passt wunderbar zu Wilhelm Busch. Ich hoffe, dass er wenigstens halb so lustig ist, wie er ausschaut.

Als Rudi sich eine Stunde später in Richtung Bühne begibt, ist der Saal gut halbvoll und Rudi womöglich auch. Er hat die Flasche Champagner bereits zur Hälfte geleert. Sicher, um locker zu werden. Nun stellt er sich leicht taumelnd vor das Publikum. Man nimmt ihm allerdings ohne Weiteres ab, dass er bereits in eine Figur von Wilhelm Busch geschlüpft ist. Zuallererst in die des Virtuosen am imaginären Klavier. Gemäß dem Motto *Er führ euch mit Genuss und Gunst durch alle Wunder seiner Kunst* kippt Rudi vom *Silentium* direkt ins *Finale furioso*. Gleich darauf jagt er als Herr Inspektor der lästigen Fliege nach. *Aufgeschreckt aus halbem Schlummer, schaut er verdrießlich auf den Brummer.* Rudi umkreist in leichtem Schwindel das Areal der Bühne, scheint beinahe in den

Schoß der aufgeschreckten Menge in der ersten Reihe zu stürzen, mutiert dann aber zum Onkel Nolte, der Helene mahnt: *Oh, hüte dich vor allem Bösen!* Mit gepresst hoher Stimme antwortet er sich selbst und ruft: *Nun will ich's ganz – und ganz – und ganz – und ganz gewiss nicht wieder tun!* – Doch: *Es ist ein Brauch von alters her: Wer Sorgen hat, hat auch Likör!* Ritzeratze voller Tücke schlägt Rudi heiter angeheitert keine Lücke in die Brücke, sondern eine Brücke in die Lücke. Er jongliert auf der Zunge mit Worten, wirbelt Verse durcheinander, und am Ende sieht man Trümmer rauchen, der Rest – so heißt es schon bei Wilhelm Busch – ist nicht mehr zu gebrauchen.

Es ist mir einerseits irgendwie peinlich, was dieser Rudi dort macht, denn er bewegt sich recht nah an der Klippe, die bei nur einem falschen Schritt tief in den Abgrund führen kann. Aber die Leute wissen ja nicht, dass er sich vorher mit Champagner in eine andere Sphäre getrunken hat. Und so ist es auch irre komisch und passt wunderbar zu den schrägen, so grotesken Figuren von Wilhelm Busch. Und die Leute sind begeistert von dieser quirligen Karikatur.

„Das hätte auch schiefgehen können", sage ich zu Hubertus, als wir später wieder allein im Haus sind. Aber die Menschen haben gleichermaßen fröhlich und unwissend den Heimweg angetreten. Und für Rudi konnten wir noch ein Hotelzimmer organisieren. Er wäre mit dem Auto wahrscheinlich nicht mehr wohlbehalten zurück nach Bremen gekommen, denn die Flasche Champagner war am Ende des Abends komplett geleert.

Ich bereite die nächste Ausstellung vor. Eine Serie von großformatigen Ölgemälden, auf denen imaginäre magische Orte zu sehen sind, mit strenger Architektur in pompös wuchernden Pflanzenkonstrukten. Keine freundlichen, sondern geheimnisvoll verwunschene Bilder. Akemi Tawada, eine japanische Künstlerin, die schon länger in Berlin lebt, hatte ich vor einigen Jahren bei dem Gastspiel einer japanischen Pianistin in der Philharmonie kennengelernt. Hannah empfand die Gemälde damals als dermaßen deprimierend, dass sie mich überreden konnte, die Arbeiten nicht auszustellen. Als Hannah dann nach New York gegangen ist, habe ich erneut mit Akemi Kontakt aufgenommen, und wir sind uns, was den Termin betrifft, sehr schnell einig geworden.

Hubertus schaut mit viel Skepsis auf die Bilder, als ich am PC nach einem geeigneten Motiv für Plakat und Einladung suche.

„Du hast doch gemeint, dass wir die Entscheidungen zukünftig gemeinsam treffen sollten", sagt er. „Und das betrifft dann auch die Ausstellungen."

„Hubertus, diese Ausstellung ist schon lange geplant. Da warst du noch gar nicht hier im Haus."

„Ich sage ja auch zukünftig", insistiert er, bleibt beharrlich hinter mir stehen und verfolgt mit Argwohn das Sichten der Bilder.

Ich überlege, wie ich ihn loswerden könnte.

„Ich habe nämlich auch eine Künstlerin ins Auge gefasst", verrät Professor Unbedarft. „Sehr schöne Bilder."

„Aha."

„Sobald ich mich mit ihr getroffen habe, zeige ich dir etwas davon."

„Hubertus ..."

„Ja?"

„Mir fällt gerade ein: Die Fotos von dem Streichquartett mit dem Titanic-Abend sind gekommen. Könntest du die bitte an die Redaktion mailen? Und auch gleich an die Druckerei für das Plakat?"

„Da gehe ich aber lieber persönlich vorbei."

Ich habe gehofft und geahnt, dass er das sagt.

„Dann kann ich kurz mit Gisela plaudern und mich anschließend in der Druckerei auch gleich als deinen neuen Partner vorstellen", fügt er hinzu und eilt zu seinem Arbeitsplatz.

Kurze Zeit später verlässt er das Haus.

15

Simon ist schon in die Schule gefahren, als ich in die Küche komme, um mir Frühstück zu machen. Er musste sehr früh aufstehen. Was mich betrifft, zu früh. Ich wollte einfach mal etwas länger schlafen, zumal ich am gestrigen Abend erst sehr spät ins Bett gekommen bin. Noch etwas schlaftrunken mache ich mir einen Milchkaffee und zwei Scheiben Toast und setze mich an den Tisch. Simon – nach unserem letzten Gespräch besonders aufmerksam – hat mir die Zeitung hingelegt. Es könnte heute die Ankündigung unseres Titanic-Abends drinstehen. Während ich mit einer Hand die Tasse halte und meinen Milchkaffee schürfe, blättere ich mit der anderen durch die Seiten. Ein großer Beitrag beschäftigt sich mit einem in unserer Gegend gesichteten Wolf, der in den letzten Nächten mehrere Schafe gerissen haben soll. Darunter entdecke ich den deutlich kleineren Hinweis auf unseren Titanic-Abend. Zuerst lese ich nur den Text, der in etwa unserer Pressemeldung entspricht. Dann aber blicke ich auf das Foto daneben und bin ein wenig irritiert. Keine besonders glückliche Wahl. Ich hätte es wohl lieber nicht Professor Unbedarft überlassen sollen, das Pressematerial in die Redaktion zu bringen. Ärgerlich, denke ich.

„Was hast du dir dabei gedacht?", frage ich Hubertus, als ich eine Stunde später ins *Kulturwerk* komme. „Hast du dir überhaupt etwas dabei gedacht?"

Ich werfe die Zeitung auf seinen Schreibtisch.

„Was stimmt denn nicht?", fragt er, während er den Artikel überfliegt. „Das ist doch ein schöner Text geworden."

„Nun, das ist mehr oder weniger unser Pressetext", sage ich. „Aber das Foto ...! Wie konntest du bloß dieses Foto aussuchen?"

„Auch das Foto ist doch sehr schön."

„Findest du es nicht etwas geschmacklos, dass die vier Musiker mit gefüllten Sektgläsern in den Händen fröhlich in die Kamera lachen? Zu einem Konzert, das sich mit dem Untergang der *Titanic* beschäftigt."

„Gisela meinte, auf den anderen Fotos würden sie alle viel zu ernst aussehen. Als kämen sie gerade von einer Beerdigung."

„Wenn 1500 Menschen gestorben sind, ist das ja auch nicht so abwegig."

„Aber das Unglück ist doch schon so lange her."

„Hubertus ...!"

„Meinst du denn, dass das Foto für das Plakat ..."

„Hast du das Foto etwa auch für das Plakat verwendet?", unterbreche ich ihn.

„Weil es Gisela doch so gut gefallen hat."

„Denkst du eigentlich auch mal selbst nach?", frage ich. „Für euch muss alles immer nur lustig sein, ja?"

„Aber wir wollen die Leute doch unterhalten, oder nicht?"

„Wenn wir Glück haben, sind die Plakate noch nicht gedruckt", sage ich, kehre Hubertus den Rücken und verlasse das Haus Richtung Druckerei.

Dieser Mann hat einfach keine Ahnung und sein Verständnis von Kultur beschränkt sich auf das Bedürfnis, Spaß zu haben. Das lenkt so herrlich vom Nachdenken ab. Was hatte Torben noch gesagt? Ich sollte Hubertus hier nicht frei herumlaufen lassen oder ihn wenigstens tagsüber knebeln. Keine so schlechte Idee! Was soll man mit solch einem Mann bloß machen, wenn man finanziell auf ihn angewiesen ist?

„Darf man stören?" Torben steckt seinen Kopf durch die Tür und grinst ein bisschen dämlich.

„Ich warne dich!", antworte ich, während ich an meinem Schreibtisch sitze und versuche, ein wenig zu entspannen. „Ich bin ziemlich schlecht gelaunt."

„Oh." Torben schleicht näher. „Vielleicht kann ich dich aufheitern."

„Ausgerechnet du?"

„Ist der kleine, dicke Mann nicht da?"

„Schlechter Versuch. Ganz schlechter Versuch."

„Ich wollte mit dir über Melissa reden."

Torben setzt sich mir gegenüber, bleibt aber vorsichtig und sprungbereit.

„Welche Melissa?"

„Nun … – Sie singt. Ich meine: Sie ist Sängerin …" Er rutscht unruhig auf dem Stuhl hin und her.

„Und?"

„Jazz. Sie singt hauptsächlich Jazz. So im Stil von Sade."

„Und?"

„Ich dachte, sie könnte doch vielleicht mal hier auftreten."

„Und was hast du damit zu tun?"

„Nichts. Ich meine, ich habe sie vor kurzem kennengelernt und sie ist echt süß. Ich …"

„Deine neue Flamme?", unterbreche ich ihn.

„Meine neue Flamme …! Wie das klingt …!", echauffiert er sich. „Wir lieben uns, und ich habe ihr versprochen, dich mal zu fragen, ob sie …, weil sie doch immer nach Auftrittsmöglichkeiten sucht. Du weißt doch, wie das ist."

„Torben …"

„Oder musst du jetzt immer erst den kleinen, dicken Mann fragen?"

„Ich muss den kleinen, dicken Mann überhaupt nicht fragen", brause ich auf. „Und nenne ihn nicht immer *kleiner, dicker Mann*!"

„Ich weiß doch, dass du ihn auch nicht magst", gesteht Torben. „Aber du brauchst sein Geld."

„Deine Chancen, was Miranda betrifft, sinken beständig."

„Melissa."

„Wie auch immer."

„Sorry, aber du und ich … wir kennen uns schon so lange. Da kannst du mir ruhig mal einen Gefallen tun."

„Was interessieren mich deine Affären? Halte mich da bitte raus."

„Also echt …!" Torben stößt sich enttäuscht aus seinem Stuhl und dreht sich Richtung Ausgang.

„Sie kann mir ja mal eine CD schicken", rufe ich hinter ihm her. „Oder einen Link zu YouTube oder wie auch immer ich von ihrem Gesang einen Eindruck bekommen kann. Okay?"

„Du bist ein Schatz!"

Am Nachmittag bekomme ich völlig überraschend einen Anruf von der Bürgermeisterin.

„Was kann ich für Sie tun?", frage ich.

„Wir haben uns in der Stadtvertretung Gedanken darüber gemacht, wie wir im Sommer die Innenstadt ein wenig mehr beleben könnten ..."

„Doch nicht etwa mit Kultur?", bemerke ich etwas spitz.

„Wir haben an so etwas wie Straßentheater gedacht", fährt sie im ruhigen Ton fort.

„Aha."

„Könnten Sie sich vorstellen, im Auftrag der Stadt solch ein Wochenende für das nächste Jahr zu organisieren?"

Hubertus hat bereits bemerkt, mit wem ich rede, und wird hellhörig.

„Welche Summe steht denn zur Verfügung?", frage ich.

„Sagen Sie mir, was Sie benötigen. Vielleicht denken Sie einfach mal darüber nach und entwerfen ein Konzept mit entsprechender Kalkulation."

„Ja, das kann ich gern machen."

„Gut, dann freue ich mich, von Ihnen zu hören."

„Was wollte die Bürgermeisterin von uns?", fragt Hubertus, nachdem ich das Gespräch beendet habe.

„Nicht von uns. Von mir."

„Aber das war doch nichts Privates! Und ich bin genauso Chef wie du."

„Es hatte aber nichts mit diesem Haus zu tun. Die Bürgermeisterin wollte etwas von mir persönlich."

Hubertus straft mich kurz mit einem bösen Blick und vertieft sich dann wieder in seine Arbeit am PC.

Die vier Musiker, die den Titanic-Abend bestreiten, sind vor einer Stunde eingetroffen und proben im großen Saal. Es sind vier freundliche Herren mittleren

Alters, die allesamt Frack tragen und dadurch tatsächlich aussehen, als wären sie einst auf dem gesunkenen Luxusdampfer aufgetreten.

Hubertus und ich sind uns in den letzten Tagen eher aus dem Weg gegangen. Die Stimmung zwischen uns ist angespannt, aber wir versuchen, uns zusammenzureißen. Wir wissen beide, dass wir miteinander klarkommen müssen. Dennoch hat Professor Unbedarft für diesen Abend demonstrativ beleidigt angekündigt, daheim bleiben zu wollen. Die Plakate hatte ich neu drucken lassen, und natürlich hat sich das weniger fröhliche Foto darauf nicht negativ auf die Verkaufszahlen ausgewirkt. Der Abend ist gut ausgebucht. Die *Titanic* ist offensichtlich immer noch ein Thema, das großes Interesse weckt. Und die Musik, die während des Untergangs gespielt wurde, stand ja bislang in den Medien kaum im Fokus. Tatsächlich ist diese Musik auch deutlich weniger traurig als die Katastrophe selbst. Es ging ja damals auch darum, die in Gefahr geratenen Gäste der *Titanic* einigermaßen bei Laune zu halten. Wie mir die Musiker vorhin erzählten, trug die beschwingte Musik auf dem Schiff sogar dazu bei, dass die Menschen den drohenden Untergang ziemlich lange nicht wirklich ernst genommen haben. Sie wollten partout nicht in die Rettungsboote steigen. Auf dem Schiff war es doch weitaus gemütlicher.

Nach und nach treffen nun unsere Gäste ein. Viele haben sich in ihre beste Abendgarderobe geworfen, um das Konzert vermeintlich standesgemäß erleben zu können. Bodenlange, leicht glitzernde Kleider, gediegene Kostüme und schwarze Anzüge dominieren das Gesamtbild. Eine gedämpfte Stimmung füllt den Saal, die in der Tat etwas von einer Trauerfeier hat. Die illustre

Gesellschaft sammelt sich und sieht dem Abend gleichermaßen ehrfürchtig und huldvoll entspannt entgegen.

Die vier Musiker betreten die Bühne. Applaus. Sie verbeugen sich, nehmen Platz, der Geiger bleibt natürlich stehen. Die Musik setzt ein. Sie eröffnen mit Lehárs *Lippen schweigen* aus der *Lustigen Witwe*. Viele andere, den meisten Gästen sicher zumindest von der Melodie her vertraute Stücke folgen. Das *Glühwürmchen-Idyll* von Paul Lincke, Jacques Offenbachs *Barcarole* aus *Hoffmanns Erzählungen*, der *Kaiserwalzer* von Johann Strauss und ganz zum Schluss der Choral *Näher, mein Gott, zu dir*. Zwischendurch lesen die Musiker Zitate aus Briefen und Tagebuchaufzeichnungen von Überlebenden des Unglücks. *Als wir den Eisberg rammten, riss mich ein Ruck Richtung Backbord aus dem Schlaf ... – Eisstücke sprangen von der grauen Wand ab und landeten auf Deck ... – Schreie unserer vielen hundert Mitpassagiere, die im eisigen Wasser um ihr Leben kämpften ... – Die Lichter brannten bis zum Untergang. Wir konnten die dicht gedrängten Menschen am Heck sehen, bis das Schiff verschwunden war ...*

Ein tief bewegender und dennoch unterhaltsamer Abend geht schließlich zu Ende. Das Publikum reagiert mit großer Anteilnahme und frenetischem Beifall. Die Herren im Frack verneigen sich gerührt vor den beinahe jubelnden Gästen und entschwinden Richtung Garderobe. An mir vorbei verabschieden sich die Menschen in die Nacht, danken mir noch einmal für den ergreifenden Abend, und ich schließe hinter ihnen ebenso zufrieden die Tür.

„Das war auch für uns eine wirklich schöne Vorstellung", schwärmt der Geiger, der als Erster aus der Garderobe kommt und den Frack gegen Pulli und Jeans getauscht hat.

„Ja", antworte ich. „Es war sehr stimmungsvoll. Ich denke, für uns alle."

„Wir kommen gerne wieder. Wir haben noch einige andere sehr besondere Programme", rühmt der Musiker ihr Repertoire und erzählt von einem Abend unter dem Titel *Ein Haydn-Spaß*, zu dem kammermusikalische Werke von Joseph Haydn und einigen Zeitgenossen präsentiert werden. Außerdem gäbe es noch die *Cinema Classics* mit der Musik aus legendären Filmen: *Moon River* aus *Frühstück bei Tiffany*, das *Harry-Lime-Thema* aus *Der dritte Mann*, *As time goes by* aus *Casablanca*, aber auch die Musik aus *Psycho* von Hitchcock.

„Ich werde sicher darauf zurückkommen", verspreche ich und frage mich gleichzeitig, was mein Professor davon wohl hält. Falls er die Filme überhaupt kennt.

Am nächsten Vormittag legt mir Hubertus kommentarlos eine Mappe auf den Tisch.

„Was ist das?", frage ich und wundere mich gleichzeitig darüber, dass es ihn offensichtlich nicht interessiert, wie der gestrige Abend verlaufen ist.

„Ich hatte dir doch erzählt, dass ich Bilder ins Auge gefasst habe, die ich hier ausstellen will."

Ich blättere durch die in Plastikfolie getüteten Arbeiten. Übertrieben idyllische Fantasielandschaften, blank geschliffene Berge, leuchtend grüne Wiesen und spiegelglatte Flüsse in künstlichem Blau, alles brav und konventionell mit Ölkreiden gemalt. Nette, freundliche Bilder, aber für mich keine Kunst. Nichts, woran sich der Betrachter reiben kann.

„Wer ist der Künstler?", frage ich.

„Künstlerin", korrigiert mich Hubertus. „Sie war vor kurzem hier im Haus, um sich vorzustellen, als du gerade nicht hier gewesen bist. Gundula Petersen heißt sie."

„Aha." Ich überlege einen Moment. „Warte mal", sage ich dann. „Ist das die Gundula Petersen, die mich hier über Wochen mit anonymen Anrufen belästigt hat?"

„Das kann ich mir kaum vorstellen."

„Irgendwann hat sie sich dann am Telefon zu erkennen gegeben und gefragt, was sie tun müsse, wenn sie hier ausstellen will. Aber sie war zu feige zuzugeben, dass sie die anonyme Anruferin war."

„Weil sie es bestimmt auch nicht gewesen ist."

„Natürlich war sie es. Und jetzt versucht sie es über dich mit ihren blöden Schlaraffenland-Utopien."

„Ich will die Bilder aber ausstellen. Das ist endlich mal etwas Positives."

„Kommt überhaupt nicht in Frage!"

„Du vergisst, dass es dieses Haus ohne mein Geld überhaupt nicht mehr geben würde."

„Hör mal zu …" Ich knirsche mit den Zähnen. „Lass uns ein anderes Mal darüber reden, okay?"

Hubertus überlegt einen Augenblick. Dann willigt er ein.

„Aber glaube nicht, dass ich die Angelegenheit vergesse", fügt er hinzu.

16

Am Vormittag ist Hubertus nicht im *Kulturwerk*, und ich entschließe mich daher, ein wenig für die Idee eines Straßentheaters zu recherchieren. Schon in dem Augenblick, als die Bürgermeisterin mir die Frage danach gestellt hatte, kamen mir Stelzenläufer in den Sinn. Ich entdecke im Internet eine Truppe, die so etwas anbietet, sich dabei aber auch surrealistisch kostümiert. Riesige Fantasiegestalten, die durch die Stadt laufen, sind sicher ein reizvolles optisches Element im Rahmen eines solchen Wochenendes. Kinderschminken gehört ebenfalls unbedingt dazu. Wenn die Idee auch nicht mehr neu und somit besonders originell ist. Und gern weitere Walking Acts, auch Artistik, Jonglage, Gaukler, Break Dancer ... – Durch Zufall stoße ich auf Künstler, die ein Event anbieten, das sie *Wassercafé* nennen. Sie beschreiben es als kunstvolle Oase. In einem festgelegten Areal stehen Stühle und Tische für die Passanten bereit. Geräusche eines fließenden Baches und Vogelgezwitscher sollen zu hören sein. Auf einer Anrichte stehen unzählige Karaffen aus Glas in verschiedensten Formen und Farben, und zwei Diener im Livree servieren den Leuten aus diesen Karaffen das Wasser. Sie preisen es an als hawaiianisches Wasser, friesisches oder bengalisches. Es geht ihnen darum, die Wertigkeit des Wassers sinnlich erfahrbar zu machen, wie sie auf ihrer Homepage schreiben. Eine schöne Idee. Per Mail verschicke ich an verschiedene Künstler Anfragen, um Angebote einzuholen,

Kosten und technische Voraussetzungen in Erfahrung zu bringen.

Hubertus kommt plötzlich herein, und ich beende meine Recherche. Er grüßt mich kurz und setzt sich dann an seinen Arbeitsplatz, wirkt missmutig und schlecht gelaunt. Ich muss dafür sorgen, dass die Stimmung zwischen uns wieder besser wird. So ist es kaum erträglich, weiter miteinander zu arbeiten. Allerdings möchte ich auf keinen Fall meine ablehnende Haltung gegenüber dieser Gundula Petersen opfern. Es muss eine andere Möglichkeit geben, den Professor wieder versöhnlicher zu stimmen.

„Ich habe einen Künstler gefunden, mit dem ich gern eine Veranstaltung machen würde", verkündet Hubertus wie aufs Stichwort.

„Schön", strahle ich demonstrativ und reiße mich zusammen. „Erzähl doch mal. Ich bin gespannt."

„Ein junger Mann. Er heißt Danilo Sella. Oder Steller. Er singt Lieder von Frank Sinatra."

„Aber du willst kein ganzes Orchester buchen, oder?", grinse ich.

„Nein, nur Klavier, hat er gesagt. Die restliche Musik kommt vom Band oder so."

„Du meinst Playback?"

Hubertus kommt zu mir herüber und legt mir eine silbern glänzende Mappe auf den Tisch. In lackroten Lettern ist darauf *Rat Pack Club Show* zu lesen.

„Okay", sage ich. „Das klingt doch ganz gut, Hubertus. Dann machen wir das, oder?"

Professor Unbedarft strahlt zufrieden. Die Stimmung bessert sich.

„Wie hast du ihn entdeckt?", frage ich.

„Ich wollte etwas mit Musik, aber nichts mit Mozart oder Beethoven. Dann habe ich überlegt, was ich selbst gern höre …"

„Frank Sinatra?"

„Ja, genau. Und dann bin ich einfach ins Internet gegangen. Ist ja gar nicht so schwer."

Am Nachmittag erwarte ich Akemi Tawada, um mit ihr die konkrete Auswahl ihrer Bilder für unsere Ausstellung zu besprechen. Sie wollte sich auch nochmal die Räume ansehen, da ihr Besuch bei uns schon ungefähr zwei Jahre zurückliegt. Ich hatte gehofft, dass ich Hubertus für diese Zeit auf irgendeine Weise aus dem Haus locken kann, doch es hat leider nicht funktioniert. Er sitzt an seinem Platz, gibt vor zu arbeiten, scheint sich aber schrecklich zu langweilen. Irgendwie hatte er mitbekommen, dass ich Akemi erwarte, und er möchte sie unbedingt kennenlernen. Vorsichtig fragte er nach, ob sie überhaupt deutsch sprechen würde. Als ich das bejahte, schien er sichtlich erleichtert.

Akemi betritt pünktlich zur vereinbarten Zeit das Haus. Sie lächelt, als sie mich sieht. Wir gehen aufeinander zu und umarmen uns zur Begrüßung. Im nächsten Moment steht Hubertus hinter mir und wartet, bis er an der Reihe ist. Ich stelle ihn vor, und die beiden geben sich höflich die Hand. Als Akemi sich mit mir an unseren kleinen Konferenztisch setzt und ihren Laptop auspackt, bleibt Hubertus anfangs unentschlossen stehen, nimmt dann aber doch neben uns Platz.

„Ich habe zwei unterschiedliche Serien mitgebracht, aus denen wir auswählen können", erklärt Akemi und klappt den Laptop auf.

Die erste Bilderfolge zeigt in vielen Variationen die Schönheit des Dschungels mit all seinem Reichtum. Pflanzen in unterschiedlichsten Grüntönen, die bizarr ineinander wuchern und sich an manchen Stellen fast ins Schwarz verdichten. In der zweiten Bilderfolge wird dieses wuchernde Dickicht durchbrochen von strenger Architektur. Kantige, schlichte Bungalows, die wie wuchtige Klötze Schneisen schlagen in die scheinbar undurchdringliche Wildnis. Die Gemälde sind ziemlich imposant, manche bis zu drei Meter hoch oder breit.

„Sehr beeindruckend", sage ich zu Akemi.

Sie bedankt sich lächelnd, während Hubertus die Stirn runzelt.

„Warum sind die Bilder alle so düster?", fragt er.

„In einen Dschungel dringt eben kaum Licht", antwortet Akemi.

„Trotzdem sind sie mir zu dunkel." Hubertus bleibt hartnäckig.

„Ich finde sie großartig", sage ich und gebe ebenfalls nicht nach.

Akemi klappt den Laptop schließlich wieder zu, legt ihre Hände sanft auf den Deckel des Rechners und schaut mich an.

„Was macht Hannah eigentlich jetzt?", fragt sie plötzlich.

„Sie lebt in New York und will sich dort wohl eine eigene Agentur aufbauen."

„Das klingt spannend."

„Ja, aber ich finde es dennoch bedauerlich, dass sie aus dem *Kulturwerk* ausgestiegen ist."

„Aber wenn sie nicht ausgestiegen wäre ..."

„Ich weiß, dann würdest du hier jetzt nicht sitzen", unterbreche ich Akemi.

„Hannah hatte etwas gegen mich."

„Nein, sie hatte nur etwas gegen deine Bilder."

„Ich kenne ja diese Hannah nicht", mischt Hubertus sich ein. „Aber jetzt bin ich hier mit Chef."

Akemi nickt.

„Und ich würde die Bilder auch nicht ausstellen", fügt er trotzig hinzu.

„Und doch werden wir es tun", versichere ich Akemi und füge Richtung Hubertus hinzu: „Ich habe Frau Tawada die Ausstellung bereits zugesagt."

Hubertus verzieht das Gesicht, erhebt sich und geht beleidigt zurück zu seinem Schreibtisch.

„Wollen wir alles Weitere nebenan im Café besprechen?", frage ich.

Akemi stimmt freudig zu, und wir verlassen das Haus, ohne uns noch einmal nach Hubertus umzusehen.

Die junge Frank-Sinatra-Kopie heißt nicht Danilo Sella, sondern Danilo Sander wie sich herausstellt. Hubertus hat mit ihm telefoniert, nach Rücksprache mit mir einen zeitnahen Termin für das geplante Gastspiel vereinbart, und Gisela Quecke hat eine schöne Ankündigung für die Zeitung formuliert. Plakate hat uns der Künstler zur Verfügung gestellt, der uns sogar mit seiner Honorarforderung freundlich entgegengekommen ist. Mich macht es immer eher stutzig, wenn sich ein Künstler zu günstig verkauft, Hubertus hat es gefreut.

Nun steht Danilo bei uns am Empfang, ein wenig schüchtern, aber überaus freundlich, und wir schütteln einander die Hände. Mit den Worten *Ich zeige dir deine Garderobe* führt Hubertus den jungen Mann stolz in die hinteren Räume unseres Hauses. Der bevorstehende Abend ist gut ausgebucht. Der Name Sinatra zieht offensichtlich immer noch oder weckt doch zumindest die nostalgische Neugier des Publikums. Bedauerlicherweise ist Danilo allerdings ohne Pianisten angereist. Den genauen Grund haben wir nicht erfahren, aber es klang durch, dass er sich mit seinem Partner wohl hoffnungslos zerstritten hat. Uns bleibt das Playback mit der Musik, die der Sänger auf seinem Mobiltelefon gespeichert hat, das wiederum über Bluetooth mit unserer Anlage verbunden ist. Danilo wird also selbst von Song zu Song für die korrekten Einsätze sorgen. Hoffen wir das Beste.

Die Gäste treffen schließlich nach und nach ein, meistens ältere Herrschaften, die jene legendäre Ära von Frank Sinatra noch selbst miterlebt haben und nun in seligen Erinnerungen schwelgen wollen. Als Danilo lässig auf die Bühne springt, trägt er – ganz klassisch – einen schwarzen Anzug mit weißem Hemd und einer weinroten Schleife. Er verbeugt sich freundlich, Applaus folgt, Musik aus der Konserve setzt ein und der Gesang kommt live: „I get no kick from champagne, mere alcohol doesn't thrill me at all, so tell me why should it be true, that I get a kick out of you ..."

„Meine Show heißt *Rat Pack Club Show*", erläutert Danilo nach dem ersten Song seinem Publikum. *Rat Pack* sei in den 1950er Jahren eine Clique rund um Humphrey Bogart gewesen. Seine Frau Lauren Bacall habe sie so getauft, denn die Mitglieder dieser Clique beeindruckten vor allem durch eine gewisse Trinkfestigkeit, schlugen sich gern gemeinsam die Nächte um die Ohren und zeigten stets einen besonderen Sinn für Humor. Nach Humphrey Bogarts Tod habe Frank Sinatra schließlich die Führung übernommen und Stars wie Dean Martin und Sammy Davis Jr. hätten sich dazu gesellt.

Gemeinsam produzierten sie dann Shows in Las Vegas, die sie zu Legenden werden ließen.

Danilo greift erneut zu seinem Mobiltelefon, Musik setzt wieder ein und der Gesang folgt: „For once in my life, I have someone who needs me, someone I've needed so long ..."

Er ist ein wirklich attraktiver Mann, denke ich. Und er hat in der Tat eine ganz passable Stimme. Doch ist er absolut unmusikalisch. Er trifft nicht einen einzigen Ton, und die Art, wie er sich auf der Bühne bewegt, erinnert mich an Sinatras lebenslangen und exzessiven Alkoholkonsum. Dabei hat der junge Mann meines Wissens heute Abend noch keinen Tropfen Alkohol getrunken. Danilo Sanders Performance ist wahrhaft sonderbar, und ich genieße jeden Moment, in dem seine Stimme in der viel zu laut aufgedrehten Musik untergeht. Es folgen *New York, New York, Summer Wind, Strangers in the Night* und zum Ende das obligatorische *My Way*. Das Publikum erträgt es tapfer, applaudiert freundlich, wenn auch zunehmend verhaltener, und der junge Mann kämpft sich über knapp neunzig Minuten durch sein Repertoire. Unbeeindruckt verlassen die Menschen nach dem Konzert das Haus. Falls sie sich nicht gänzlich gelangweilt haben, lag das sicher daran, dass die Evergreens von Sinatra selbst in der schlimmsten Interpretation noch genügend Strahlkraft besitzen, um ein Mindestmaß an Unterhaltung zu bieten.

Während Hubertus im Saal aufzuräumen beginnt, kommt Danilo zu mir an den Empfang, um seine Gage entgegenzunehmen. Er wirkt nicht sonderlich selbstbewusst. Ich denke, er weiß, dass er kein großartiger Sänger ist, und er versucht einfach, das Beste daraus zu machen. So fragt er auch nicht nach, ob die Vorstellung dem

Publikum oder mir oder wenigstens Hubertus gefallen habe.

„Sie sehen blendend aus, und Sie haben eine markante Stimme", lobe ich ihn, um ein wenig seine Unsicherheit und sein offensichtliches Unbehagen zu nehmen. Irgendwie tut er mir leid.

„Wenn Sie mögen, können wir gleich noch einen Wein zusammen trinken gehen … – Falls es hier irgendwo eine Bar gibt", fügt er mit einem schüchternen Lächeln hinzu.

Ich bin irritiert, denn ich befürchte, nun hat er mich missverstanden.

„Nette Idee", antworte ich. „Aber ich muss direkt nach Hause. Mein Mann wartet auf mich."

Danilo wird rot und entschuldigt sich.

„Alles gut", beruhige ich ihn. „Konnten Sie ja nicht wissen." Ich schiebe ihm seine Gage hinüber und bitte ihn, den Empfang zu quittieren. In diesem Augenblick kommt Hubertus herein. Auch er verliert kein Wort über das Konzert. Gemeinsam verabschieden wir den jungen Sänger, der vor dem Haus in seinen Polo steigt und davonfährt.

„Dir ist bewusst, dass der Abend ein ziemlicher Reinfall war", konstatiere ich, während ich die Kasse mache und Hubertus aus den Augenwinkeln beobachte.

„Aber die Leute haben doch applaudiert", entgegnet er.

„Ja, aus Höflichkeit. Und vielleicht, weil sie Frank Sinatra mögen."

„So schlecht fand ich die Vorstellung nicht." Hubertus beugt sich über den Tresen zu mir hinüber und schaut mir beim Zählen des Geldes zu.

„Du meinst das nicht im Ernst, oder?" Ich schaue ihn entgeistert an.

„Natürlich", sagt er nur.

„Dann muss ich dir jetzt leider mal sagen, dass du nicht über einen Funken Gespür für Qualität und Professionalität verfügst, mein lieber Herr Professor. Was aber Voraussetzung ist, um diesen Job hier zu machen."

„Was willst du damit sagen? Und wieso Professor? Ich habe mein Geld …"

„Es geht jetzt nicht um dein Geld", unterbreche ich ihn. „Noch mehr solcher Abende in dieser Qualität und unser Publikum ist futsch."

„Du übertreibst, und du sagst das nur, weil ich den Künstler ausgesucht habe."

„Hubertus, das ist doch Blödsinn. Dieser Abend war absolut peinlich, und so etwas darf sich nicht wiederholen."

„Als ich dir von dem Mann erzählt habe, hast du selbst gesagt: Wir machen das", rechtfertigt sich Hubertus.

„Ich bin davon ausgegangen, dass du dir vorher nochmal ein oder zwei Videos von ihm anschaust."

„Hab ich doch."

„Und du hast nicht bemerkt, dass er absolut unmusikalisch ist?"

Einen Moment bleibt es still.

„Gundula Petersen stellen wir trotzdem aus", erklärt Hubertus dann bockig.

„Nein, denn die Frau ist in der Malerei genauso dilettantisch wie dieser junge Mann in der Musik."

„Ich bestehe darauf. Ich habe mein Geld in dieses Haus gesteckt, und ich habe das Recht hier mitzuentscheiden."

„Hubertus, du hast keine Ahnung von diesem Geschäft. Deshalb rate ich dir, dich da rauszuhalten. Lass mich das in Zukunft allein machen. Du wirst sehen, dass dein Geld gut angelegt ist."

„Nein! – Nein!"

Hubertus wirkt plötzlich wie ein trotziges Kind, dem man den Lolli wegnehmen will.

„Mir macht das Spaß, und ich will mitmachen. Zusammen mit dir!"

„Weißt du was?" Ich starre Hubertus an, als wollte ich ihn mit meinem Blick durchbohren. „Ich lasse dich hier jetzt einfach mal allein."

17

Simon sitzt vor dem Fernseher, als ich am späten Abend nach Hause komme. Vor ihm auf dem Tisch steht ein Glas Bourbon und eine Schale mit Erdnüssen, die bereits zur Hälfte geleert ist.

„Was guckst du da?", frage ich ihn.

„Einen alten Polanski-Film."

„Mit Jack Nicholson ... – *Chinatown*, oder?"

Simon reagiert nicht.

„Dein erster Whisky heute Abend?" Ich werfe mich neben ihm auf das Sofa.

„Sicher. Soll ich dir auch einen holen?"

„Nein, danke."

Polanski hat Nicholson bereits die Nase aufgeschlitzt, denn ihm klebt dieser absurde Verband mitten im Gesicht, den er fast die gesamte zweite Hälfte des Films tragen muss.

„Wie war dein Tag?", fragt Simon und greift nach seinem Bourbon.

„Meinst du, du kannst dir in der Schule zwei Wochen frei nehmen?", frage ich zurück.

„Wozu?"

„Wir könnten mal Urlaub machen. Einfach raus hier."

„Und dein Kulturhaus?"

„Soll Hubertus doch sehen, wie er allein klarkommt."

„Du meinst tatsächlich, du kannst plötzlich loslassen? Respekt, mein Lieber." Simon stellt das leere Glas zurück auf den Tisch. „Wenn ich das auch noch nicht so recht glauben mag."

„Kannst du dir nun in der Schule frei nehmen oder nicht?"

„Ich denke schon."

„Prima. Wie wäre es mit Venedig?"

„Oh …"

„Weißt du noch? Wir wollten eigentlich schon an deinem dreißigsten Geburtstag dorthin. Irgendwie hat es nicht geklappt. Und dann an meinem dreißigsten Geburtstag, und wieder ist es ins Wasser gefallen."

Simon dreht sich wortlos zu mir herum, kommt lächelnd näher und belohnt mich mit einem langen, leidenschaftlichen Kuss. Nach einiger Zeit entschließen wir uns, hinüber ins Bett zu gehen. Es ist einfach bequemer als auf dem Sofa.

Am nächsten Morgen gegen zehn Uhr rufe ich Hubertus im *Kulturwerk* an.

„Ich werde zwei Wochen verreisen."

„Was? Wann?"

„Jetzt. Dann hast du den Laden für dich allein."

„Den Laden? Wie redest du denn …?"

„Du hast Recht. Noch ist es ja kein Laden. Wie auch immer. Rechtzeitig zur Vorbereitung der Ausstellung von Akemi werde ich wieder da sein."

„Aber …"

„Du schaffst das schon, Hubertus. Ich muss jetzt auch los. Mach's gut."

Simon kommt ins Zimmer.

„Wir haben Glück. Ich habe zwei Flüge bekommen", sagt er. „Wir fliegen über Düsseldorf."

„Wunderbar. Alles gepackt?"

„Bingo."

Simon strahlt. Er wirkt seit gestern Abend wie ausgewechselt. Abgesehen von meinen Motiven, was Hubertus und unsere Auseinandersetzung betrifft, ist es auch für meine Beziehung zu Simon ganz offensichtlich die richtige Entscheidung, für zwei Wochen Abstand zu nehmen vom Alltag. Einerseits muss ich darüber nachdenken, wie es im *Kulturwerk* weitergehen kann. Andererseits brauche ich endlich einmal wieder Zeit für den wichtigsten Mann in meinem Leben.

Am späten Nachmittag landen wir am Flughafen Marco Polo, warten ungefähr zwanzig Minuten auf unser Gepäck und nehmen uns dann ein Wassertaxi Richtung Venedig. Nach einer Weile nähern wir uns dem berühmten Markusplatz. Ein seltsam vertrauter Anblick, obwohl wir doch noch niemals hier gewesen sind. Unser Hotel liegt nur wenige Hundert Meter von dort entfernt in einer Seitengasse. Man begrüßt uns freundlich, unsere Koffer werden aufs Zimmer gebracht, wir ziehen uns kurz um und gehen dann wieder hinaus in die Stadt. Es beginnt zu regnen.

„Natürlich", blökt Simon. „Wir fliegen nach Venedig und es regnet. Wahrscheinlich hatten sie hier über Wochen das schönste Wetter. Dann kommen wir – und es regnet!"

„Simon, genieße den Augenblick. Außerdem regnet es nicht. Es nieselt."

„Ich sage dir, wir werden vierzehn Tage lang nur Regen haben. Die ganze Zeit."

Ich muss lachen.

„Das ist überhaupt nicht lustig."

„Ich wette mir dir, dass morgen wieder die Sonne scheint", sage ich.

Simon winkt ab und trottet hinter mir her. Napoleon soll den Markusplatz einmal den schönsten Festsaal Europas genannt haben. Zu Recht, wie ich finde. Etwas zu viele Touristen, sicher auch etwas zu viele Tauben. Aber dennoch ist es ein herrlicher Platz. Und die Luft wird durchdrungen von den Melodien der Musiker, die auf den Podien vor den Cafés aufspielen. Etwas Herzzerreißendes von Puccini ist zu hören, auf der anderen Seite des Platzes zur gleichen Zeit Burleskes von Jacques Offenbach.

„Lass uns in dem berühmten *Caffè Florian* etwas trinken gehen", schlage ich vor. „Da wird es trocken sein."

„Das will ich hoffen."

„Sei jetzt nicht so ein Miesepeter. – Wir sind in Venedig …!"

Am nächsten Vormittag ruft Hubertus an. Wir sind gerade beim Frühstück.

„Was gibt es so Wichtiges?"

„Die Klavierspielerin, die übermorgen bei uns auftreten soll, hat sich gemeldet. Sie möchte lieber die *Waldstein-Sonate* von Beethoven spielen."

„Es existiert keine andere *Waldstein-Sonate*", entgegne ich.

„In unserem Programm steht aber, dass sie die *Appassionata* spielen muss."

„Und?"

„Na, was sage ich ihr denn jetzt?"

„Kannst du das nicht allein entscheiden, Hubertus?"

„Ist doch beides Beethoven."

„Eben."

„Das heißt, es ist in Ordnung."

„Ich denke schon."

Hubertus klingt sehr erleichtert.

Eine halbe Stunde später verlassen wir das Hotel, um ein wenig durch die Gassen zu schlendern. Die Sonne scheint, und die Tagestouristen sind noch nicht eingetroffen. Die Stadt ist somit wesentlich leerer als gestern tagsüber. Wir schlagen den Weg Richtung Rialtobrücke ein, und nach einer Weile erreichen wir einen kleinen Platz, in dessen Zentrum einer der für Venedig so typischen alten Brunnen steht.

„Das ist der Platz mit dem Brunnen, an dem Gustav von Aschenbach zusammengebrochen ist", ruft Simon aufgeregt. „Erinnerst du dich?"

„Wir spazieren das erste Mal durch Venedig, und du überlegst, wer hier irgendwann irgendwo mal kollabiert ist …?"

„Ich meine den Film von Visconti. Das ist der Platz", freut sich Simon.

„Kann sein", sage ich, bleibe aber gelassen.

Von diesem Augenblick an läuft Simon jedoch mit anderen Augen durch die Lagunenstadt, immer auf der Suche nach Orten, die in der Thomas-Mann-Verfilmung aufgetaucht sind. Auf dem Weg zum *Teatro La Fenice* überqueren wir Brücken, durchstreifen enge, dunkle Gassen und fahren schließlich mit dem Vaporetto über den *Canal Grande* zur *Basilica di Santa Maria della Salute.* Professor Aschenbach verfolgt uns gleichermaßen beharrlich, wie er der Familie um den schönen Tadzio gefolgt war. Wir werden ihn einfach nicht los.

„Da wir nun schon auf dieser Seite des *Canal Grande* sind, könnten wir vielleicht auch noch in das Museum von Peggy Guggenheim gehen?", frage ich Simon.

„Auch, wenn Signore Aschenbach dort nicht seine Spuren hinterlassen hat."

„Aber ja!" Simon lächelt.

Am Eingang begrüßt uns die große Bronzeplastik von einem gewissen Marino Marini. Der auf einem stattlichen Pferd sitzende Reiter hat zur Begrüßung seine Arme weit ausgebreitet, den Kopf in den Nacken geworfen – und aus der Körpermitte erhebt sich sein großer Phallus.

„Ein wahrhaft eindrucksvoller Empfang", kommentiert Simon schmunzelnd das Kunstwerk.

In den Innenräumen erwartet uns eine großartige Sammlung: Gemälde von Magritte, Kandinsky, Picasso und vielen anderen. Als wir vor einem Bild von Jackson Pollock stehenbleiben, bemerke ich, dass wir von einem älteren Ehepaar beobachtet werden, das neben uns steht. Der Mann dreht sich schließlich zu uns um.

„Entschuldigen Sie, wenn ich Sie einfach so anspreche. Sind Sie das erste Mal in Venedig?", fragt er.

„Ja", antworte ich. „Sieht man uns das etwa an?"

„Es ist dieser spezielle Blick auf ein Bild, das einem gefällt und das einem vertraut ist", erklärt die Frau neben ihm. „Das man aber vorher noch niemals im Original gesehen hat."

„Tatsächlich?"

„Wissen Sie, wir kommen schon seit vielen Jahren regelmäßig nach Venedig, und es ist immer wieder aufs Neue berauschend."

„Ja, das glaube ich", sage ich nur.

„Übrigens müssen Sie sich unbedingt die Mosaike in der *Basilica di San Marco* ansehen. Falls Sie es nicht sowieso schon getan haben. Diese Mosaike bedecken eine Fläche von sage und schreibe 8000 Quadratmetern. Eine der größten zusammenhängenden Mosaikflächen der Welt. Und diese Mosaike sind wunderbar!"

„Danke für den Tipp."

„Aber jetzt wollen wir Sie nicht weiter belästigen. Wir hoffen, Sie haben noch eine schöne Zeit in dieser Stadt. – Ach, die werden Sie sicher haben …!"

„Vielen Dank."

„Wir wünschen Ihnen auch noch eine schöne Zeit", fügt Simon hinzu.

Nach gut einer Stunde verlassen wir das Guggenheim Museum und fahren wiederum mit dem Vaporetto zurück zum Markusplatz. Vor dem *Florian* suchen wir uns einen Tisch, lauschen der Musik und trinken *Bellini,* den berühmten venezianischen Cocktail mit püriertem weißen Pfirsich.

„Eine nette Begegnung mit diesen Ehepaar. Findest du nicht?", sagt Simon.

Dann klingelt mein Telefon. Torben ist dran.

„Bist du untergetaucht?", empört er sich.

„Ich mache lediglich mal Urlaub."

„Und überlässt dem kleinen, dicken … deinem ungeschulten Partner leichtfertig das Haus?"

„Gibt es Probleme?", erkundige ich mich mit einem leicht ironischen Unterton.

„Der Mann hat deine Plakate am Hauseingang mit Smiley-Aufklebern verziert. Als ich ihn gefragt habe, was das soll, meinte er, es würde dadurch alles ein wenig freundlicher wirken."

„Originell", sage ich nur und beiße mir reflexartig auf die Lippen.

„Für den bevorstehenden Klavierabend hat er Handzettel drucken lassen, die er vor dem Supermarkt verteilt. Weißt du, was da draufsteht? *Verlieben Sie sich in*

Beethoven. Daneben ein Bild, auf dem er dessen Augen mit kleinen Herzchen überklebt hat."

„Das hast du dir jetzt ausgedacht."

„Nein, habe ich nicht! – Bitte, komm zurück. Dieser Mann zerstört den Ruf deines Hauses."

„Ich kann noch nicht zurück", entgegne ich.

„Warum nicht?"

„Wir sind noch nicht mit einer Gondel gefahren."

„Ihr seid in Venedig …?"

„Halte durch."

Wie sich herausstellt, möchte Simon auf keinen Fall mit mir zu zweit in einer Gondel fahren. Er fände es peinlich, so erklärte er mir, wenn wir wie frisch Verliebte unter dem Blick des Canzone schmetternden Gondoliere und Dutzender von Touristen über das stinkende Wasser der Lagunenstadt gleiten würden.

„Ich bin inkognito hier", fügt er scherzend hinzu.

„Schade", sage ich nur. Und so sind wir weiterhin zu Fuß unterwegs, wechseln zwischendurch für längere Strecken ins überfüllte Vaporetto und freuen uns über das anhaltend gute Wetter. Irgendwann aber schmerzen uns mehr und mehr die Füße. So legen wir immer häufiger Pausen ein, die wir in unserem Hotel erschöpft auf den Betten liegend verbringen. Bald entdecken wir, dass unser Domizil über eine wunderschöne Dachterrasse mit Blick auf die Lagune verfügt. Auch dort lässt es sich zwischen den Spaziergängen bestens entspannen.

Von Hubertus höre ich nichts mehr, doch nach einigen Tagen meldet sich Torben erneut.

„Wann kommt ihr denn nun endlich zurück?"

„Wir haben noch ein paar Tage. – Wie war denn der Klavierabend? Warst du da?"

„Ja, war ich. Der kleine, dicke Mann … – Sag jetzt nicht, ich soll nicht mehr der kleine, dicke Mann sagen. Für mich bleibt er der kleine, dicke Mann."

„Ja, schon gut", beruhige ich Torben.

„Er hat vor dem Konzert eine Rede gehalten. Bestimmt eine Viertelstunde lang. Wie wichtig Kultur für unsere Gesellschaft sei und so'n Zeug. Und dann hat er uns etwas über Michel Angelo erzählt, der nur für seine Kunst gelebt hat. Dass er ein Vorbild sei für uns alle."

„Michel wer?"

„Michel Angelo. Der Mann, der den David erfunden hat, wie uns der kleine, dicke Mann erklärte."

„Ach, du meinst Michelangelo?" Ich muss laut lachen.

„Und dann meinte er, dass Beethoven ja taub war, also gar nicht hören konnte, ob seine Kompositionen überhaupt etwas taugen. – Es war so peinlich!"

„Wie hat denn die Pianistin darauf reagiert?"

„Gar nicht. Sie blieb höflich. Sogar dann noch, als er ihr am Ende des Abends einen billigen Blumenstrauß aus dem Supermarkt überreicht hat."

Wir bleiben trotzdem in Venedig. Natürlich betrachten wir uns die Mosaike im Markusdom, durchstreifen den Dogenpalast und fahren hinüber zum Lido, um einen Blick auf das *Grand Hotel des Bains* zu werfen, wieder auf den Spuren von Luchino Visconti und Thomas Mann. Unser letzter Abend führt uns dann ins *La Venice* in eine Vorstellung von *La Traviata*.

Die letzten Tage vor unserer Heimreise hatte ich mir vorgenommen, noch einmal in Ruhe über die Situation mit Hubertus und dem *Kulturwerk* nachzudenken. Doch es wollte mir nicht gelingen. Jetzt sitzen wir nebeneinander stumm und von unzähligen Eindrücken erfüllt im Wassertaxi auf der Fahrt zurück zum Flughafen.

„Freust du dich auf zu Hause?", fragt Simon plötzlich, als ahnte er mein Unbehagen.

„Die Arbeit im *Kulturwerk* hat mir immer viel bedeutet", sage ich. „Du weißt, wenn wir sonst zusammen in den Urlaub gefahren sind, konnte ich es manchmal gar nicht abwarten, endlich wieder nach Hause zu kommen."

„Oh ja. Nach einer Woche hast du meistens schon angefangen zu quengeln."

„Aber seitdem Hubertus da ist ... – Nein, eigentlich muss ich sagen, seitdem Hannah fort ist, macht es keinen Spaß mehr."

„Hast du wirklich ernsthaft genug versucht, dich mit Hubertus zu arrangieren?"

„Doch, ich denke schon, aber ... – Er brennt, wie ich, für die Kultur, keine Frage. Aber bedauerlicherweise hat er eine ganz andere Vorstellung davon, was genau das ist."

„Dass er sich überhaupt der Kultur verschrieben hat, ist doch eine gute Basis. Findest du nicht?"

18

Nach unserer Heimkehr lasse ich mir zwei Tage Zeit, bevor ich mich wieder ins *Kulturwerk* wage. Ich merke, dass es mich anfangs Überwindung kostet, an diesen eigentlich doch so vertrauten Ort zurückzukehren. Die Tage in Venedig, der Abstand von den Querelen mit Hubertus haben gut getan. Sie haben mir geholfen, die Probleme eine Zeitlang zu verdrängen.

Als ich am dritten Tag erstmals wieder vor dem Haus stehe, entdecke ich draußen am Fenster die Plakate mit den Smileys, genau wie Torben es mir erzählt hatte. Ich öffne leicht zögernd die Tür und gehe hinein. Hubertus sitzt an seinem Arbeitsplatz. Er sieht mich, reißt überrascht die Augen auf und stößt sich reflexartig aus seinem Stuhl. Ich bemühe mich, gelassen zu bleiben. So, als sei ich nur für ein oder zwei Stunden unterwegs gewesen.

„Haben wir von den nächsten Veranstaltungen noch Plakate in Reserve?", frage ich und gehe zu meinem Platz.

„Äh … – Ich glaube schon." Hubertus steht noch immer regungslos da.

„Könnten wir dann bitte die in dem Fenster hängenden Plakate mit den Smileys gegen die Reserve austauschen?"

„Bei den Passanten kommen die Smileys sehr gut an", meint Hubertus kleinlaut, geht dann aber hinüber zum

Bilderschrank, um die übrig gebliebenen Exemplare herauszusuchen.

„Wenn die Passanten die Smileys nicht nur bewundern, sondern die damit verzierten Veranstaltungen auch besuchen würden …"

„So etwas braucht ja Zeit."

„Manchmal bin ich ein ziemlich ungeduldiger Mensch."

Beleidigt schleicht Professor Unbedarft zum Fenster und beginnt, die Plakate auszutauschen.

„Die Bürgermeisterin war übrigens vor ein paar Tagen hier", sagt Hubertus plötzlich. „Sie hat nach unseren Ideen für das Straßentheater gefragt. Ich habe ihr gesagt, dass wir gern ein Konzept machen können. Allerdings nur gegen Bezahlung."

„Was? Wie kommst du dazu? Du hast damit überhaupt nichts zu tun."

„Sie hat mich gefragt. Und du warst nicht da."

„Das ist wirklich unglaublich!" Ich bin wütend und werde lauter. „Überall mischst du dich ein."

„Du vergisst, dass wir Partner sind. Ich habe die gleichen Rechte wie du."

„Du solltest aufpassen, dass du den Bogen nicht überspannst."

„Du meinst, du weißt immer alles besser. Aber vielen Leuten gefällt es, wenn es ein bisschen freundlicher und fröhlicher ist. Die Smileys und auch die Pflanzen sind sehr gelobt worden."

„Welche Pflanzen?", frage ich.

„Es sieht jetzt in der Ausstellung viel wohnlicher aus."

Ich springe auf und werfe einen Blick in den Saal. Hubertus hat tatsächlich zwischen den Exponaten diverse Topfpflanzen drapiert.

„Vielleicht solltest du noch Schilder neben den Pflanzen anbringen, damit unsere Gäste wissen, was sie in unserem Botanischen Garten erwartet. Hier sehen Sie einen *Ficus benjamina*, eine Pflanzenart aus der Familie der Maulbeergewächse. Sie kann bis zu achtzehn Meter hoch werden."

„Keine schlechte Idee", überlegt Hubertus.

„Weißt du was? Schmücke damit deine Spießerstube oder schmeiß diesen Scheiß meinetwegen gern auf den Müll", brülle ich. „Aber wenn ich nachher zurück bin, will ich dieses ganze Gedöns hier nicht mehr sehen. Hast du verstanden?"

Hubertus sieht mich erschrocken an. Wütend verlasse ich das Haus und schlage hinter mir mit einem lauten Knall die Eingangstür zu.

Auf der Straße begegnet mir Torben.

„Nein! Ihr seid tatsächlich wieder zurück!", kommt er mir mit eher bösem Blick entgegen. „Inzwischen habe ich damit fast nicht mehr gerechnet."

Ich erzähle ihm von meiner Auseinandersetzung mit Professor Unbedarft und davon, dass er die Ausstellungsräume mit Blattgewächsen dekoriert hat.

„Das hatte ich dir bewusst nicht erzählt", zischt Torben. „Ich wollte dir die Überraschung nicht verderben."

„Sehr einfühlsam von dir", bedanke ich mich mit ironischem Unterton.

„Wenn du einfach wochenlang verschwindest, darfst du dich allerdings nicht wundern, dass der kleine, dicke

Mann macht, was er will. Ist dir das Haus plötzlich so egal?"

Ich schaue Torben an und weiß nicht so recht, was ich darauf antworten soll. Und das verstört mich im selben Moment. Weiß ich darauf wirklich keine Antwort?

„Ich habe übrigens auf einer Vernissage in Hamburg zufällig Akemi getroffen" sagt er. „Sie hat mir erzählt, dass sie bei dir ausstellen soll."

„Woher kennst du Akemi?"

„Ich habe sie damals über Hannah kennengelernt, die sich allerdings für Akemis Malerei überhaupt nicht begeistern konnte."

„Ich weiß. Hannah hatte so intensiv dagegen gewettert, dass ich damals kapituliert habe. Aber jetzt, wo Hannah nicht mehr dabei ist …"

„Ich habe Akemi davon abgeraten", unterbricht mich Torben.

„Wie?"

„Ich habe ihr erzählt, wie das hier inzwischen läuft, und ich denke, sie sieht die Idee nun eher kritisch, zwischen Smileys und Topfpflanzen auszustellen."

„Oh, vielen Dank, dass du mir in den Rücken fällst."

„Wer fällt hier wem in den Rücken? Wenn du nicht für das Haus und sein Image kämpfst, dann darfst du dich nicht wundern, wenn du irgendwann allein dastehst."

„Torben, du hast keine Ahnung, worum es hier eigentlich genau geht", entgegne ich enttäuscht. „Also, lass mich bloß in Ruhe."

Ich drehe mich um und lasse Torben einfach stehen.

Zwei Straßen weiter klingelt mein Telefon. Es ist Gisela Quecke.

„Ich habe gehört, dass Sie aus dem Urlaub zurück sind."

„Ja."

„Haben Sie das Interesse an Ihrer Arbeit verloren?"

„Nun fangen Sie nicht auch noch damit an", entgegne ich genervt.

„Hubertus ist noch ein Anfänger. Sie können ihn doch in dem Haus nicht völlig allein lassen. – Wissen Sie von dem Bauchredner?"

„Bauchredner? Nein." Ich erreiche den Stadtpark, entdecke eine Bank und setze mich dort hin, um mich besser auf das Gespräch konzentrieren zu können.

„Thomas Waller aus Chemnitz."

„Ja, von dem habe ich schon gehört. Er hat sich vor Jahren mal bei uns beworben, als Hannah noch im Haus war. Ein ganz schrecklicher Mensch. Also, privat vielleicht nicht. Das kann ich nicht beurteilen. Aber als Bauchredner …!"

„Hubertus hat ihn gebucht. Wissen Sie davon?"

„Was? Nein! Der Mann ist wirklich nur peinlich. Sein Programm lebt von billigen Altherrenwitzen. Er scherzt über missratene Schönheitsoperationen, erzählt von einem defekten, pinkfarbenen Vibrator, von den Qualen eines Mannes nach einer Überdosis Viagra und von verwöhnten, überzüchteten Hunden mit Verdauungsproblemen."

„Das klingt in der Tat nicht nach dem üblichen Niveau Ihres Hauses."

„Hubertus Patt scheint es zu gefallen", resigniere ich.

„Ich gestehe, dass mir Ihr Programm insgesamt manchmal ein wenig zu seriös ist, aber das geht wirklich nicht."

„Schön, dass Sie das sagen."

„Doch Sie müssen sich wohl mit ihm arrangieren."

„Wie war dein Tag?", fragt Simon.

Es ist Abend, und wir sitzen gemeinsam in dem kleinen italienischen Restaurant, das inzwischen zu einem unserer Lieblingsorte geworden ist, wenn wir zu später Sunde noch etwas essen gehen wollen.

„Ich bin echt verzweifelt", sage ich und erzähle ihm von den Topfpflanzen, der Geschichte mit der Bürgermeisterin, schließlich auch von Torben, dem es womöglich gelungen ist, Akemi die geplante Ausstellung auszureden.

„Aber wehre dich doch dagegen", entgegnet Simon. „Ihr seid doch gleichberechtigte Partner. Ihr müsst Kompromisse finden."

„Wie soll denn ein Kompromiss deiner Meinung nach aussehen? Bei dem Grünzeug zum Beispiel. Stellen wir statt zwölf nur sechs Pflanzkübel auf?"

Rocco, der Besitzer des Restaurants. Kommt an den Tisch und bringt uns unser Essen.

„Was ist los", fragt er. „Ist euch eine Floh über die Leber gelaufen?"

„Eine Laus, Rocco", korrigiert Simon ihn. „Es ist eine Laus."

„Wer von euch bekommt die *Spaghetti alla Norma*?" Die Frage nach unserem Befinden ist bereits vergessen.

„Für mich sind die Tagliolini mit Lachsstreifen", sage ich.

„Prego. Immer zu euren Diensten. – Aber bitte vertragt euch, bellissimi ragazzi."

Rocco platziert die Teller und verschwindet wieder in der Küche.

„Ich war heute Nachmittag beim Makler."

„Was?" Simon blickt mich erstaunt an.

„Ganz unverbindlich. Ich wollte einfach mal wissen, was das Haus heute so wert ist, wenn ich es verkaufen würde."

„Und dann? Willst du zurück nach Hamburg? Und ich soll den Job an der Schule aufgeben und wieder brav hinter dir hertrotten?"

„Wie gesagt. Ganz unverbindlich. Mit ein wenig Glück könnte ich … könnten wir 600000 Euro dafür bekommen, hat der Makler gemeint. Es wäre locker möglich, Hubertus auszuzahlen, und abzüglich einiger Verbindlichkeiten und der Maklercourtage hätten wir immer noch eine ganze Menge übrig."

„Aber keinen Job mehr."

„Ach, ich weiß doch auch nicht …!"

„Treffe keine unüberlegten Entscheidungen, hörst du?"

Als ich am nächsten Vormittag ins Kulturhaus komme, ist Hubertus noch nicht da. Von den Topfpflanzen scheint er einen Teil bereits abtransportiert zu haben, einige stehen noch in einer Abseite neben der Küche. Wahrscheinlich hat nicht alles in sein Auto gepasst. Ich werde versuchen, Hubertus zu erklären, warum Pflanzen in einer Ausstellung nichts zu suchen haben. Vielleicht muss ich einfach geduldiger mit ihm sein, muss ich mir mehr Mühe geben, ihn in meine Überlegungen einzubeziehen. Außerdem sollte ich die Sache mit dem Straßentheater klären. Ich greife zum Telefon und rufe im Rathaus an. Ein junger Mann meldet sich.

„Könnte ich bitte die Bürgermeisterin sprechen?"

„Frau Hansen ist in einer Besprechung."

„Würden Sie ihr bitte etwas ausrichten? Es geht um das Konzept für das geplante Straßentheater. Mein Partner, Herr Patt, hatte ihr gesagt, dass wir das Konzept nur gegen Honorar erarbeiten. Das ist natürlich nicht der Fall. Ich werde, was das Konzept betrifft, selbstverständlich in Vorleistung gehen."

„Werde ich ihr ausrichten."

Ich sehe Hubertus. Er überquert gerade die Straße und kommt auf das Haus zu. Die Eingangstür öffnet sich, er betritt den Raum und eine eisige Atmosphäre breitet sich aus.

„Hier", sagt er nur und legt mir einen Plakatentwurf auf den Schreibtisch.

Ich sehe ihn fragend an.

„Das ist die nächste Ausstellung, gleich nach deiner Japanerin", fügt Hubertus hinzu, sieht mich dabei nicht an, sondern geht hinüber zu seinem Schreibtisch.

Ich betrachte den Entwurf, den er offensichtlich in unserer Druckerei in Auftrag gegeben hatte. Zu sehen ist ein Aquarell mit einer Landschaft in einer Art Elysium. Im See schwimmen Enten, am Himmel fliegen Vögel, auf der Weide grasen Kühe. Alles, wie es sich gehört. Darüber steht *Gundula Petersen* und *Kein schöner Land*.

Ich kann für diesen Mann keine Geduld mehr aufbringen, denke ich. Es geht einfach nicht. Ich stehe auf. Ich greife mir das Plakat. Ich gehe hinüber zu Hubertus. Er sieht mich mit großen Augen erwartungsvoll an. Dann zerreiße ich den Entwurf und lasse die Papierfetzen auf seinen Schreibtisch rieseln.

„Es wird keine Ausstellung geben", erkläre ich in ruhigem Ton. „Und schon gar nicht mit dieser Gundula Petersen." Ich werde lauter. „Es wird überhaupt keine Ausstellung mehr geben." Ich werde noch lauter. „Mir reicht's. Pack deine Sachen und verschwinde. Mach, dass du rauskommst. Ich will dich nicht mehr sehen."

„Das kannst du gar nicht. Mein Geld …"

„Ich werde dich auszahlen", unterbreche ich ihn.

„Wovon denn? Du …"

„Ich werde das Haus verkaufen. Lieber beende ich das hier alles, bevor ich noch einen einzigen Tag länger mit dir zusammenarbeite. – RAUS!"

Hubertus sagt nichts mehr. Hektisch packt er seine persönlichen Dinge ein und verlässt das Haus.

Kurze Zeit später mache auch ich mich auf den Weg. Ich gehe zum Makler, dessen Büro sich nur zwei Straßen weiter befindet.

„Na, haben Sie sich entschieden?", fragt er mich, als er mich sieht. Er steht auf, reicht mir die Hand, und ich setze mich ihm gegenüber.

„Dann kümmern wir uns mal um die Formalitäten."

Eine Stunde später auf dem Weg nach Hause ruft mich Gisela Quecke an.

„Hubertus war bei mir. Sie haben ihn einfach rausgeschmissen?"

„Ja, habe ich!", sage ich stolz.

„Und wie geht's weiter? Was wollen Sie machen?"

„Ich komme gerade vom Makler. Ich werde das Haus verkaufen."

Epilog

Ein paar Tage vergehen, in denen, was das *Kulturwerk* betrifft, nicht wirklich viel passiert. Ich quäle mich mit einer permanenten Müdigkeit, denn ich habe in den letzten Nächten kaum schlafen können. Alles schwirrt in meinem Kopf. Am ersten Abend nach meiner Entscheidung, das Haus zu verkaufen, gab es noch intensive Diskussionen mit Simon. Er gibt den Job an der Schule nur sehr ungern auf, aber er kann meine Entscheidung durchaus verstehen. Wir verbringen die Tage mit recht unterhaltsamen Gedankenspielen, bei denen wir uns abwechselnd vorstellen, was wir nun alles anfangen könnten. Doch es sind allesamt Fantasien, die in der Wirklichkeit keinen Bestand hätten. So ist es doch ziemlich abwegig, in Pollença eine kleine Galerie für zeitgenössische Kunst einzurichten. Oder in Lissabon gemeinsam ein Café zu eröffnen, wo Simon seinen selbstgebackenen Kuchen verkauft. Im *Kulturwerk* gibt es in diesen Tagen glücklicherweise nichts zu tun. Eine Veranstaltung steht nicht auf dem Plan, und so habe ich das Haus einfach geschlossen. *Aus privaten Gründen* steht auf einem Schild an der Eingangstür.

Am sechsten Tag ruft mich morgens die Bürgermeisterin an.

„Können wir uns heute Vormittag in meinem Büro treffen?"

„Ja, gern."

Es wird sicher um das Konzept für das Straßentheater gehen, denke ich. Nach dem Frühstück schaue ich im Laptop noch einmal die Recherchen durch, die ich bereits zusammengetragen hatte. Für einen ersten Eindruck sollte das genügen. In der letzten Zeit hatte ich einfach andere Dinge im Kopf. Doch wenn ich das Kulturhaus auch aufgebe, die Möglichkeit, ein Straßentheater zu organisieren, sollte ich in jedem Fall nutzen. Falls die Stadt an meinem Konzept denn tatsächlich interessiert sein sollte.

Auf dem Weg zum Rathaus ruft mich der Makler an.

„Wir haben einen Kaufinteressenten für Ihr Haus", erklärt er mir.

„Oh, das ging aber schnell."

„Können Sie vorbeikommen?"

„Jetzt habe ich einen Termin. In zwei Stunden vielleicht?"

„Ist notiert."

Ich steige im Rathaus die Stufen hinauf in den ersten Stock und klopfe bei der Bürgermeisterin an die Tür. Sie öffnet und bittet mich herein.

„Haben Sie die Zeitung heute Morgen schon gelesen?", fragt sie, während wir uns an den Tisch setzen.

„Nein, noch nicht."

„Aber ich!"

Sie reicht mir die Zeitung herüber und ich lese die Schlagzeile.

KULTURHAUS AM ENDE

„Ist das Ihr Ernst?", fragt sie.

„Wissen Sie, ich kann das Haus finanziell nicht mehr halten. Es fehlt einfach an Geld. Und ich muss auch gestehen, in der letzten Zeit …"

„Aber die Stadt braucht dieses Haus", unterbricht sie mich. „Wir müssen den Menschen hier doch ein niveauvolles Kulturangebot bereitstellen."

„Ja, das ist sicher richtig."

„Wir haben hier in der Stadtvertretung schon vor ein paar Tagen davon gehört, dass Sie hinschmeißen wollen. Wir hielten das aber zuerst für ein dummes Gerücht. Trotzdem haben wir angefangen, uns darüber Gedanken zu machen, was wäre, wenn Sie tatsächlich aufgeben würden."

„Was ja der Fall ist."

„Wie wir nun definitiv wissen."

„Aber über das Konzept für das Straßentheater können wir trotzdem sprechen", sage ich. „Daran bin ich weiterhin interessiert."

„Das freut mich", antwortet sie. „Aber darum geht es jetzt nicht."

„Wenn Sie nun auch von meinem Konzept für das Straßentheater nichts mehr wissen wollen ..."

„Sie missverstehen mich", unterbricht mich die Bürgermeisterin erneut.

„Äh ..."

„Die Stadtvertretung ist mehrheitlich zu dem Ergebnis gekommen, dass wir Ihnen das Haus abkaufen möchten."

„Wie bitte?"

„Wie gesagt. Wir sind der Meinung, dass die Stadt dieses Haus braucht. Die Menschen hier benötigen weiterhin dieses Kulturangebot."

„Aber ..."

„Und wir würden Sie gern als zukünftigen Leiter eines städtischen Kulturhauses einstellen. Sie bekämen ein angemessenes Honorar und müssten sich um die Finanzen keine Sorgen mehr machen."

„Das ehrt mich. Vielen Dank. Aber, wissen Sie ... – Ich habe einfach keine Lust mehr. Nachdem meine Freundin Hannah ausgestiegen ist, habe ich es mit einer Angestellten probiert, die mich personell unterstützen sollte. Das ging schief. Dann habe ich einen Teilhaber ins Haus genommen. Auch das hat am Ende nicht funktioniert. Inzwischen bin ich ziemlich frustriert, und ich weiß nicht, ob ich für einen weiteren Neustart motiviert genug bin."

„Kennen Sie nicht das Sprichwort *Aller guten Dinge sind drei*?"

„Doch, sicher." Ich muss lächeln.

„Na, also. Einen Versuch haben Sie noch!"

„Ich weiß nicht ..."

„Schlagen Sie ein!" Die Bürgermeisterin reicht mir ihre Hand.

Ich überlege noch einen Augenblick. Dann greife ich zu.

Wolf Eismann

Baumstämme im Schnee

Roman; Paperback; 166 Seiten; ISBN: 978-3-7557-6677-3
Verlag: Books on Demand; 8,00 €

Der Erzähler hat mit seinem Lebensgefährten Simon die Großstadt hinter sich gelassen, um auf dem Land mit Freundin Hannah ein Kulturhaus zu leiten. Sie organisieren Ausstellungen, buchen Abende mit Kabarett oder Kammermusik und inszenieren auch mal selbst kleine Theater-Events. Bei der örtlichen Presse stoßen sie auf Desinteresse, dem durchaus interessierten Publikum sind die kulturellen Angebote oft ein wenig zu avantgardistisch, und die Künstler sorgen mit ihren Allüren dafür, dass es nie langweilig wird. Simon, der nur widerwillig das Großstadtleben hinter sich gelassen hat, wähnt sich auf dem Abstellgleis. Hannah verliebt sich in einen jungen Cellisten und wittert ihre Chance auf die große weite Welt. Die Kultur hat es in der Provinz nicht leicht ...